나는
너를 원한다

교회 부흥을 위해 해야 할 일을 찾고 있을 때 하나님은 ───────

나는 너를 원한다
고 하셨다

김홍봉 지음

나는 무엇을 하는 것(doing)에 관심을 갖고 있을 때
하나님은 무엇이 되는 것(being)에 관심을 갖고 계셨다

좋은땅

먼저 김홍봉 목사님의 자서전 출간을 진심으로 축하합니다.

김 목사님은 지방은 달라도 같은 연회에서 함께 목회하였고 은퇴 후에도 페이스북의 친구로 교제를 계속하는 분입니다.

충남 서산군 운산면 팔중리 농촌에서 태어나신 목사님은 스스로를 낮추어 자기를 흙수저 중의 흙수저라 하시며 풍채도 보잘것없고 곱지도 아름답지도 대단하지도 위엄이 있지도 않다고 하지마는 일찍이 하나님의 눈에 띈 분으로 하나님이 부르셔서 목회자로뿐만 아니라 사회복지사, 사회사업가로도 활동하게 하였습니다.

하나님이 목사님을 부르셔서 귀하게 쓰신 것은 하나님을 자기 인생의 내비게이션으로, 참목자로 믿고 그 인도하심만을 따르려는 마음을 어여삐 여기셨기 때문으로 생각합니다.

운전을 할 때 실수하여 길을 잘못 들면 내비게이션이 "경로를 이탈하여 재설정합니다."라고 하듯이 자기의 부족함과 미숙함과 연약함으로 실수를 할 때는 하나님이 다시 길을 인도하심을 경험하면서 목사님은 끝까지 사명자의 길을 잘 걸었습니다.

목사님이 자서전을 쓰려는 목적은 바로 앞과 같은 경험들을 통하여 바울 사도처럼 자기의 약함을 자랑하고 하나님의 위대하심을 드러내려 함임을 압니다.

주막집에 십자가를 세우신 목사님을 보면서 술 창고를 예배당으로 바꾸었던 나와도 일맥상통하는 것이 있어서 자서전을 읽으며 목사님과 더욱 가까워지는 느낌입니다.

목사님의 자서전을 읽는 독자는 하나님이 사람을 어떻게 부르시는지 또 어떻게 쓰시고 어떻게 하나님의 뜻을 이루어 가시는지를 잘 알게 될 것입니다. 무엇보다도 하나님이 얼마나 우리를 사랑하시는지도요.

그래서 동역자들이나 성도들이 목사님의 자서전을 꼭 읽어보기를 바라며 강력 추천해 드립니다.

충북연회 제5대 감독
김일고 목사

나의 빛바랜 지난 추억들을 드러내는 과정에서 '자랑으로 전달되지는 않을까.', '하나님이 받으셔야 하는 영광을 내가 가로채게 되지는 않을까.' 떨리는 심정으로 이 글을 공개하는 것을 망설여 왔다.

나의 지난 이야기를 뒤적여 보니 내가 자랑할 일보다는 나를 이끄시는 하나님의 위대하심이 더 드러나게 되어 나의 모습은 설 자리를 잃게 됨을 알게 되었다.

나의 지나간 인생 속에서 시편 113장 7~8절의 말씀이 이루어졌음을 보게 되었다.

> "가난한 자를 진토에서 일으키시며 궁핍한 자를 거름 무더기에서 드셔서 방백들 곧 그 백성의 방백들과 함께 세우시며 또 잉태하지 못하던 여자로 집에 거하게 하사 자녀의 즐거운 어미가 되게 하시는도다 할렐루야'

회고록이나 자서전, 간증집들을 보거나 듣게 되면 그분들의 삶이 곱고 아름답고 대단하고 위엄 있고 풍채가 있고 자랑할 만한 내용이 있었음을 알게 된다. 그래서 유명하신 분들만이 자서전을 낼 수 있다고 생각해 왔다.

그러나 나에게는 고운 것도 없고 풍채가 있는 것도 전혀 없다. (이런 점에서는 예수님을 닮았다고 할 수 있다)

그는 연한 순처럼, 마른 땅에서 나온 줄기처럼 주 앞에서 자랐으니 그에게는 풍채나 위엄이 없고 우리의 시선을 끌 만한 매력이나 아름다움도 없다. (사 53:2)

흔한 창립식도 없이 개척교회를 시작했고 거창한 교회 은퇴식은 물론 교단에서 해 주는 은퇴식도 참석하지 못하고 도망치듯 41년의 성역의 길을 끝냈다. 지난날을 회고하다가 후회와 자책으로 이어졌고 사탄의 공략으로 실패자로 느껴져 잠시 우울 증세를 보이기도 했다.

그리고 이런저런 이유로 목회와 함께 이중직, 때로는 삼중직을 하기도 했다.

나는 흙수저 중 흙수저이고 엘리트하고는 너무 거리가 먼 사람이다.

그러기에 지나간 날들을 돌아보며 글을 쓰자니 모두가 숨기고 싶은 내용뿐이며 그러기에 자랑할 만한 것은 더더욱 없다.

그럼에도 불구하고 나의 지나간 이야기를 공개하고 싶은 마음이 불현듯 든 것은 나의 소박한 삶 속에도 하나님의 함께하심과 인도하심이 있었던 것을 볼 수 있다는 점이다. 나와 함께하시고 인도하셨던 하나님이 현재도 당신의 자녀들 삶 속에 계시다는 것을 증언하고 싶다.

41년 사역 기간 동안 절반은 농촌에서 개척 사역자로 절반은 도시에서 개척 및 일하는 목회자로 좌충우돌하고 힘이 없고 연약할 때 손을 잡아 일으켜 주시며 좀 잘나간다고 자신만만해 하며 탕자의 길에 있을 때에 하나님께서 들려주셨던 음성 "나는 네가 무엇을 하기를 원하는 것보다 너를 원한다."고 하셨던 다정한 하나님의 음성과 함께 나를 빚어 만들어 가시는 하나님의 손길을 전하고자 한다.

슬플 때나 기쁠 때, 잘될 때나 안 될 때, 함께하시며 인도하시며 나의 힘이 되셨던 하나님을 공유하고자 한다. 나의 지나간 삶을 요약한다면 사도 바울 고백처럼 그리스도 예수께 붙잡힌 것을 잡으려고 달려온 길이었다고 할 수 있다.

> "내가 이미 얻었다 함도 아니요 온전히 이루었다 함도아니라 오직 내가 그리스도 예수께 잡힌바 된 그것을 잡으려고 달려가노라"(빌 3:12)

나의 지난날들 속에서는 유난히 사기를 당하거나 나 자신이 실수로 수렁에 빠진 날들이 많은 것 같다. 감사하게도 나의 하나님은 나의 실수에 대해서 묻거나 따지지도 않으셨다.

나의 부족함과 미숙함으로 많은 실수를 하고도 건재할 수 있었던 것은 나의 하나님께서 그래도 괜찮다고 하시고 이끌어 주셨기 때문이라고 생각한다.

나는 내비게이션에 목적지를 설정하고 주행 중 실수로 길을 잘못 들 때에 내비게이션에서 나오는 멘트가 하나님의 음성처럼 들릴 때가 있다.

"경로를 이탈하여 재설정합니다." 내가 실수하여 경로를 이탈할 때도 하나님은 재설정으로 승리의 길로 이끌어 주셨던 경험을 드러내고자 하는 바람으로 나의 회고록을 집필하였다.

나의 인생을 목자 되신 하나님께서 이끌고 계심을 확신한다.

시편 23편은 나의 삶의 지침이요 고백이기에 본 회고록도 1부에서는 '푸른 초장과 쉴 만한 물가로 인도하시는 하나님', 2부에서는 '머리에 기름 부으시고 내 잔을 채우시는 하나님', 3부에서는 '의의 길로 인도하시는 하나님'에 대해서 고백했고 4부는 나의 단편 강연 설교, 기고문 등을 포함하여 페이스북에 나의 일상을 적었던 글들을 통해 나의 재취를 확인하며 아버지 집에 영원히 거할 것을 확인하는 것으로 본 글이 구성되어 있다.

목차

추천사   - 4

머리말   - 6

1부

하나님은 나의 목자
- 푸른 초장과 쉴 만한 물가로 인도하시는도다

가장 빠르고 확실한 응답이었던 나의 결혼 이야기   - 16

나의 첫 목회의 태동   - 20

좌절의 늪에서의 새 출발   - 23

10개월간 안식처였던 성재리   - 26

주막집에 세워진 십자가(대길교회)   - 33

84년 토담집 예배당의 성대하고 이상한 성탄축제   - 41

다시 돌아온 친정 교단 기독교대한감리회   - 44

2부

내 머리에 기름으로 바르시니 내 잔이 넘치나이다

전도자 무당이셨던 이배영 권사님   - 48

살얼음판을 걸었던 시간들   - 50

이유를 알 수 없는 토목공사 설계비 무료 - 54

사기꾼을 통해 지어진 조립식 성전 - 56

교회는 조립식, 사택은 양옥 슬래브 - 60

호사다마 기도원 길 교통사고 - 63

고양이 그리려다 호랑이 그린 2차 성전 건축 - 67

옷 판매에 나타난 성령의 역사 - 70

꿩 먹고 알 먹는 어린이집 운영 - 75

할머니 집사님의 땅문서 건축 헌금 - 77

내 잔이 넘치나이다(넘치게 채우시는 하나님 역사) - 79

한 사람을 두 번 장례식 치른 슬픈 이야기 - 82

3부

주의 이름을 위해 의의 길로 인도하시는도다

전도사 사택과 거기에 살던 사람들 - 90

가르치기도 배우기도 하였다 - 92

박사원 졸업식을 감사하며 - 93

이제 무엇을 하오리까 - 96

좌충우돌, 여기에 왜 왔나! - 100

아들의 이메일 편지 - 104

"나는 너를 더 원한다" - 110

대길교회를 사직하다(청주 성전 분리) - 113

에벤에셀의 하나님(창립 19주년 설교) - 117

새로운 시작과 복지목회 전환 · 123

하나님이 운영하신 노인복지센터 · 128

뜨게 되리라 하신 말씀대로 · 133

교회와 아동센터, 요양시설을 이전하다 · 138

나의 자원 은퇴 · 142

4부

아버지 집에 영원히 거하리로다

내가 하지 말아야 했던 일, 호텔 대표 · 146

현대 목회의 노인 복지사업(충북연회 사회복지목회자 세미나 강의
2010.7.17.) · 155

소비자인가, 생산자인가?(2012년 청주 서지방회 개회 설교) · 165

친구가 기다려지는 계절(《청주나눔신문》 기고 2011.12.17.) · 170

은퇴의 의미(청주 서지방 장로 은퇴 찬하사 2015.3.1.) · 174

목회자의 이중직 소고(일하는 목회자 단체 페이스북 2021.3.24.) · 176

어머니 묘 앞에서(페이스북 2015.11.20.) · 178

어머니 7주기(페이스북 2021.11.18.) · 181

아버님 6주기 기일에 나타난 이상한 무지개(페이스북 2018.6.16.) · 182

목회 40주년(페이스북 2021.7.1.) · 183

그렇게 못 할 수도 있었다(은퇴 소감 페이스북 2022.4.20.) · 184

푸른 10월의 가을 하늘(페이스북 2017.10.15.) · 187

오스트리아 요제프 모어 마을(페이스북 2012.4.27.) · 188

어르신들의 추석(페이스북 2018. 9. 24.) - 189

다시 찾은 대둔산(페이스북 2021. 10. 28.) - 190

제주의 아름다움(페이스북 2018. 11. 14.) - 191

손주들과 함께하는 즐거움(페이스북 2021. 2. 12.) - 192

천장봉의 가을(페이스북 2018. 11. 6.) - 193

대길교회 30주년(페이스북 2014. 10. 5.) - 194

농사로 얻은 소산물(페이스북 2021. 10. 22.) - 195

전쟁기념관 방문(페이스북 2012. 7. 15.) - 196

주일학교 다녔던 면천교회(페이스북 2016. 11. 19.) - 198

나는 익어 가고 있는 것일까?(페이스북 2023. 9. 8.) - 200

욕망에서의 자유(기독교 방송 설교 크리스찬 칼럼 2005. 6. 1.) - 202

행복한 양으로 산다는 것(기독교 방송 설교 크리스찬 칼럼
2005. 6. 5.) - 205

하나님은 나의 목자
- 푸른 초장과 쉴 만한 물가로 인도하시는도다

가장 빠르고 확실한 응답이었던
나의 결혼 이야기

1981년은 내 인생에서 가장 중요한 세 가지 사건이 있었던 해였다.

2월에 결혼하고 7월에 교회 개척을 시작하고 12월 12일에는 아들을 낳았기 때문이다.

내가 비교적 결혼을 일찍 했던 것은 결혼에 대한 나의 기도가 빠르게 응답되었기 때문이라고도 할 수 있다.

1980년 당시 나는 신학교 4학년 재학 중이었고 신림제일감리교회 교육 전도사를 견습 하고 있으면서 형님 댁에서 신세를 지고 있었다. 결혼할 경제적인 준비는 전혀 되어 있지 않았지만 형님 댁에 신세 지는 것도 부담이 되고 해서 결혼을 할 수만 있다면 얼마나 좋을까 하는 생각이 들기도 하였고 인생에서 가장 중요한 결혼이라는 고지를 점령하기 위해 기도해야 한다는 생각이 급박하게 들게 되었다.

그래서 잠자기 전 30~40분을 결혼에 대한 내용을 구체적으로 기도하면서 결혼이라는 주제로 나에게 첫 번째로 접근하는 여자를 하나님이 아내로 보내는 사람이라고 알겠다고 서원기도를 하였다.

나는 지금껏 한 번도 여자를 친구나 연인관계로 사귀어 본 적이 없었으나 나의 기도의 배후에는 나름대로의 계산을 하고 있었다. 당시에 선교사님 댁에서 개설된 성경 영어반에 참여하고 있었는데 7명 중 5명이 여대생이었고 교회에서도 여자 청년들이 있었기에 그들 중에서 혹시 나의 배우자가 나올 수도 있겠다는 은근한 생각을 했던 거였다.

나의 기도가 40일쯤 되었을 때 그해 10월경 어머니와 아버지가 형님 댁에 올라오신 것은 나의 혼사 때문이라고 하셨다. 어머니는 대뜸 최 권사님이 오셔서 딸 아무개가 나한테 결혼해야 한다고 했다는 것이다. 그러니 가부를 결정해 달라고 해서 왔다고 하면서 어머니는 신앙도 좋고 마음도 좋고 예쁘기도 하다며 마음이 들떠 있었다.

그날 저녁부터 나는 더 이상 배우자를 위해서 기도할 수 없었다.

친구 동생이었던 그를 우선 만나 보아야 했기에 교회에서 만나자고 하는 편지를 보냈는데 그날이 기다려졌다.

우리는 그동안 있었던 일을 서로 교환했다.

아내가 쓴 글에 이런 내용이 있었다.

"난 담임 목사님 내외분이

하나님 일하시는 모습이 넘 좋아 보이고

가치 있는 삶이라 여기기 때문이다.

구속의 은혜를 입었으니

마땅히 그 은혜에 반응하며

살아가고 싶었다.

내게도 기회를 주신다면

주의 일을 하고픈 마음이 간절하여

낮엔 일하느라 바쁘게 지나고

저녁과 새벽으로 간절한 맘에

이끌리어 성전을 출입하며

기도하던 어느 날

주일학교 샘이었던 주일학교 샘들 중에

예배 때마다 뭔 말인지도 이해가

잘 안 되는 설교를 젤루 길게 해서

재미없기로 소문난 김홍봉 샘이

꿈에 그저 순전한 얼굴에 주변엔

광채가 얼굴을 감싸고 있는 꿈을 꾸었다.

 - 중략 -"

　어느 날 성령님이 너는 목회자 아내가 되어야 한다면서 그 꿈을 생각나게 했다고 한다. 우선은 잘못된 생각에서 나온 것이라고 단정하고 부인을 하고 있는데 다시 꿈에 구체적으로 보여 주셨다고 한다.

　그런 일이 있은 후 누구에게도 말을 못 하고 있는데 혼처가 들어왔고 만나 본 후 아버지의 강요로 인해 결정을 해야 해서 우선 엄마에게 알렸다고 한다.

　나도 그동안 있었던 결혼에 대한 구체적인 기도 내용을 말해 주었다.

　그해 12월 23일 약혼식을 하고 81년 어머니 회갑날 결혼식을 하고 아버지가 논 두 마지기를 팔아 얻어 주신 전세방에서 신혼집을 차렸다. 결혼식 하고 얼마 후 교회 집사님 한 분이 심각한 모습으로 "앞으로 뭐 하실 건가요?"라고 묻는다. 그래서 나는 "뭘요!"라고 되묻자 "결혼하셨는데 생활을 하기 위해서는 뭐를 하셔야 하잖아요." 하는 것이었다. 누군가는 아내의 배가 점점 불러 올 때에 대책도 없이 애를 낳으면 어쩔 거냐며 한심하다는 표정을 지었다고 하였다.

남들이 보기에는 생활 대책 없이 결혼하고 임신까지 한 모습이 한심하고 심각한데 나는 아무 대책도 못 하고 있었던 것이다.

나의 첫 목회의 태동

1981년 7월 1일 신정동 지하 14평에서 단독 목회가 시작되었다.

당시 나는 26세에 신학교 4학년 재학 중이고 신림제일감리교회 교육 전도사였고 아내는 임신 5개월 중이었다. 지하 14평은 100만 원 보증금에 월세 6만 오천 원이었는데 이것은 아버지가 얻어 준 200만 원짜리 신혼방을 헐어 개척 자금과 살림방을 해결하려는 계획으로 3~4개월 서울 변두리 지역을 도보로 걸어 이 잡듯 찾아낸 결과였다.

100만 원 남은 것으로 방을 하나 얻었는데 주방도 없고 화장실도 밖에 나가 사용해야 하는 그야말로 잠만 잘 수 있는 방이었다. 지하 창고에서 연탄 화덕을 이용하여 음식을 만들고 수도꼭지가 바닥에 하나 있어서 그것으로 설거지 빨래와 세면 등을 해결해야 했다.

심한 입덧을 하는 아내는 구토 증상이 오면 집 출입문을 열고 수채가 있는 지하까지 뛰어가야 했고 연탄을 갈다 어깨를 다쳐 한동안 어깨앓이를 해야 했다.

예배처를 마련하고 약간의 높이로 단상을 만들고 장판과 페인트칠을 하였으나 더 이상 가진 돈이 없어 더 이상 아무것도 할 수 없었다.

그래도 예배처 구실을 하기 위해서는 강대상이 있어야 할 것 같은데 강대상 구입도 엄두가 나지 않아 고민하던 중 어느 집 앞에 철 책상을 버린 것이 있어 그것을 가져와 강대상으로 삼았다가 목재와 판때기를 사다 자그만 강대상을 만들고 보니 비로소 예배처 '교회' 같아 보였다.

처음 아내를 앉혀 놓고 설교를 하려니 쑥스럽기도 하고 어색하기 그지없었다.

2개월 정도 지난 후 첫 교인인 중학생 한 명이 전도로 와 주었는데 온 세상을 다 얻은 듯 흥이 나 예배를 인도하고 설교를 하고 나니 목이 쉬어 있었다.

그 후 목동에 사시던 큰누님이 와 주셨고 부부 두 가정이 전도되어 예배 모양새가 만들어져 갔고 직접 간판만 만들어 시작한 선교원이 열댓 명까지 모였고 당시 임신한 몸으로 힘들게 선교원을 이끌어 가는 아내를 당시 자모 영민이 엄마가 살뜰하게 챙겨 주어서 마치 선교 회장 같다는 생각이 되었다.

그 후 개척교회를 하시다 선교사로 가시면서 해체된 교회의 팀원 몇 분이 찾아와 주어 성황을 이루고 안정을 이루어 갈 때 나는 무리수를 두었다.

30평짜리 3층 건물로 이전하게 된 것이다. 보증금 200만에 30만 원으로 월세로 얻어 홀 뒤쪽을 막아 주방과 방을 꾸미며 살았다.

지금까지의 상황으로 보면 모양새가 좀 더 갖추어졌으니 더 많이 사람들이 올 것이라고 생각했으나 오던 사람도 떠나가고 기대만큼 전도가 되질 않았다. 당시 형편에 과다한 월세에 시달리게 되니 나는 지쳐 가고 있었다.

결국 2년 반 정도 버티며 생각한 것이 여기는 사방이 교회인데 여기에서 우리까지 교회를 개척하는 것이 과연 필요한 일일까?

고생할 바에야 내가 필요로 하는 곳으로 가는 것이 의미 있는 고생이라 생각되어 교회 없는 농촌 지역을 찾아 개척하여 교회를 세우는 것을 아내와 합의를 하고 그곳을 후임자에게 넘기고 떠나게 되었다.

나는 너를 원한다

좌절의 늪에서의 새 출발

내 인생을 돌아볼 때 뚜렷이 나타나는 공통 현상은 남들보다 시작도 쉽게 하고 그만두는 것도 쉽게 했다는 것이다.

26세의 나이로 신학교도 졸업하지 않고 14평 지하에 간판만 손수 만들어 달고 철 책상 하나 달랑 강대상 대용으로 놓아둔 예배당을 근방의 어느 목사님이 찾아왔다. 이웃에서 목회하는 목사인데 같은 동네에 새 교회가 시작되어 인사차 왔노라고 하시었다.

한참을 아무 말 없이 나를 위아래로 훑어보시고 강대상 대용 철 책상을 보시기를 반복하더니 "참 대단합니다. 요즘 젊은 분들 용기가 대단해요."라고 하시는 말씀은 너무 무모하다, 한심하다라는 말씀의 뜻이었는데 그 당시에는 나는 이해를 못 했다.

원천교회(신정동 교회에서 이전한 후 새 이름)를 그만두면서 새 개척지로 보아 논 곳이 있었다.

어느 날 시내버스를 타고 목적지도 없이 종점까지 가고 보니 김포읍이라는 곳이었다. 언덕마루에는 김포감리교회가 보이고 건너편에는 천주교회가 보이는 평화로운 동네였고 20여 분 농로를 지나면 농촌 마을이 펼쳐지는데 딱 보는 순간 저런 곳에서 개척하면 좋겠다는 생각이 들었다.

설레는 마음으로 동네를 돌아보니 얼핏 보아도 전형적인 농촌 마을로서 백 호는 충분히 되어 보이는데다가 아무리 보아도 교회는 보이질 않았다.

마침 마당에 나와 있는 어르신에게 나는 교회를 개척하려는 전도사인데 교회를 지을 수 있는 땅을 우선 임대로 구할 수 있느냐고 하니 선뜻 마당 옆 밭을 가리키며 여기다 하면 어떠냐고 하셨다. 임대 조건도 확실히 기억이 안 나지만 그 당시 내가 할 수 있는 조건이었다.

나는 선뜻 계약을 하고 며칠 동안 고물상을 뒤져 천막 칠 철장 재료와 천막을 사서 그 자리에 갖다 놓았다. 그리고는 설치 업자를 시켜 철창으로 울타리를 짜고 벽면을 판때기로 대어 놓고 지붕만 천막 설치를 하면 어엿한 가건물이 될 판이었다. 그래서 서울에서 목회를 그만두는 서운함보다는 보아 논 김포 시골 마을에서 새로 개척할 생각에 마음이 부풀어 있었다.

그런데 김포 읍에 방을 얻어 이사하고 난 후부터는 새로 개척한다는 것이 중압감에 눌리고 자신이 없어지고 마음이 무겁고 두려워졌다.

그곳에 가기도 싫어지는 어느 날 그곳에 가 보니 천막 교회를 하려고 설치한 울타리가 무너져 있었다.

알고 보니 그곳은 군사 지역이라서 건물이나 가건물을 지을 수 없는 지역이라서 행정철거반에서 제거를 했다는 것이었다.

그 후로 나는 멀리 까마득하게 보이는 김포 들판 너머 보이는 전원 마을을 몇 주간을 두고 도보로 둘러보았다. 하루가 시작되면 어디론가 정처 없이 떠나는 나의 등을 보며 아내는 많이 울었다고 후에 말해 주었다. 가는 곳마다 교회가 세워져 있었고 교회가 없는 마을이라고 해도 교회로 사용할 수 있는 건물이 없었고 만약 있다고 해도 건물이나 땅을 살 수 있는 돈도 없는 처지인데도 내 안에 불이 타고 있었던 거였다.

이사하고 두 주까지는 설교해야 하는 부담이 사라지니 홀가분해서 좋았는데 셋째 주부터는 주일이 되면 바윗덩이가 가슴을 짓누르고 있었다.

그때 이사했다는 소식을 듣고 부모님이 찾아오셨다. 낯설고 물설은 곳 마음도 한없이 무너져 있는 그때 부모님을 보니 너무 반갑고 보는 것만으로도 힘이 나고 위로가 되었다.

그러나 어머니와 아버지 표정은 굳어 있었고 "네가 교회를 맡아 이곳에 왔다면 얼마나 좋겠느냐마는."이라며 말씀을 잊지 못하며 속상해하시는 말씀을 듣는 순간 내 마음도 무너져 내리고 있었다.

방에도 들어가시지 않고 가시겠다며 돈을 한 움큼 아내에게 쥐어 주시며 돌아가시는 것을 보며 아내도 눈물을 흘리며 나도 마음으로 울며 꼭 목회지를 찾아야 하겠다고 다짐했다.

10개월간 안식처였던 성재리

하나님은 열악한 환경 속에서도 목회 사역을 계속하게 하시기 위해 내 속에 불을 넣어 주셨다.

그래서 미치광이처럼 무데뽀로 임지를 찾기 위해 돌아다니게 되었다.

그러던 어느 날 우연한 기회를 만나게 되었다. 어느 터미널 대합실에서 차 시간을 기다리고 있는데 내 옆자리에 앉은 두 분의 이야기를 듣게 되었다.

대화 내용으로 대번 목회자임을 알 수 있었다. 내 귀에 솔깃하게 들려오는 말에 나는 귀가 번쩍하여 귀담아들으려고 반짝 다가갔다. 충북 성재리란 곳에 3년 된 개척교회가 있는데 누구를 소개했더니 안 갈 것 같다고 하는 내용의 말이었다.

그분이 누구인지도 모르고 인사도 통성명도 안 한 상태에서 대뜸 나는 교회 임지를 찾는 전도사인데 내가 그곳에 갈 수 있느냐고 물었다. 그분은 우선 직접 가서 보라고 하면서 거기 가면 남자 아무개 집사를 만나 보라 하면서 가는 길을 설명해 주었다.

이것이 내가 충북 도민이자 청주 시민이 될 수 있었던 결정적 사건이 되었다.

나는 너를 원한다

성재리는 충청북도와 남도의 경계선에 있으나 행정상으로는 충북에 속하는 곳이었다.

충남 병천면에서 7킬로 충북 오창면에서는 12킬로 정도 떨어진 곳이어서 성재리 사람들이 도보로 장을 볼 때 오창 오일장보다는 병천 오일장을 선호하는 곳이었다.

성재리1구는 30여 가구가 집단 부락을 형성한 농촌 마을로 삼면이 산으로 둘려 있고 터져 있는 앞면은 계단식 논으로 이어지며 지대가 높은 곳에 있어 들머리에서도 보이지 않아 그 마을에 들어와서야 여기에 이런 마을이 있다는 것을 아는 곳이었다.

마을 입구를 지나 논들을 지나면 성재2리 백현리가 있고 앞의 내천을 건너면 바로 경부고속도로가 나온다. 옥산을 좀 지나 서울 방향 고속도로를 지나다 보면 성재2구와 백현리 마을이 보이는데 성재1구는 직접 마을에 들어가야 마을의 존재를 알 수 있는 쪽 들어가 있는 곳이어서 난리통에는 이곳이 피난처가 되었다고 한다.

그곳에는 15평 정도 되는 낡은 마을회관에 대한예수교장로회 성재교회라는 간판이 붙어 있었다.

20여 명 교인 중 유일한 남자 집사라는 분을 만나 목회자가 없다는 말을 듣고 온 전도사라고 소개했더니 개척하셨던 목사님이 절대 안 떠난다 하더니 떠나시고 어떤 목사님이 몇 주일 오더니 안 온다 하여 실망하고 있다 하면서 그러지 않아도 이제는 목사는 안 받고 전도사를 받으려 했다고 한다. 오시는 날을 정하시면 자기가 모셔 오겠다고 하였다. 모셔 오겠다고 하는 말은 이삿짐 싣는 것을 도와주겠다는 말이었다.

83년 11월 어느 날 집사님의 도움을 받아 트럭에 짐을 싣고 조수석에 집사님과 내가 타고 아내는 탈 자리가 없어 따로 오라고 하고 와서 보니 집사람은 미도착이었다. 혼자 집사님 이 제공해 주신 방에서 잠을 청하며 아내가 세 살이었던 아들하고 별일 없는지 몹시 걱정이 되었다.

시외버스 서울 고속터미널에 가서 천안행 타고 병천행 버스 타고 내려 병천에서 걸어 들어와야 하기에 사실은 애를 업고 하루에 올 수 있는 거리가 아니었다.

병천에 밤늦게 도착하여 여인숙에서 자고 이튿날 걸어왔단다.

아내는 근심스런 얼굴로 오느라고 힘이 들었던 이야기는 뒤로하고 엊저녁 꿈을 안 좋게 꾸었다고 하며 꿈 이야기를 하며 안 좋은 일이 있지는 않을까 근심 어린 기색을 하고 있었다.

꿈에 가지고 다니는 보따리가 구멍이 뚫려 있더라는 것이다.

그때는 무엇을 의미하는지 몰랐으나 지나고 보니 성령 하나님이 성재교회에서도 오래 있을 곳이 아니란 것을 알려 주었던 거였다.

그곳에서 10개월 만에 떠날 줄은 전혀 몰랐다. 전임 목사가 3년을 시무하셨다니 나도 3년 이상은 있어야 한다고 생각하고 있었다.

교인은 많이 모일 때는 20여 명까지 되었던 것으로 기억된다.

집사님 댁의 뒷방(집사님이 쓰시는 방과 붙어 있고 불을 피우는 아궁이는 따로 설치되어 있음)을 쓰며 아침저녁으로 군불을 때고 큰 솥에다 밥을 지어 먹었다. 원래 출신이 군불 때는 출신이었기에 금방 적응되었고 향수에 젖기까지 했다.

그러나 곤욕스러운 것은 불을 때기만 하면 방 안에 연기가 가득하여 겨울인데도 문을 열어 놓아야 해서 세 살 먹은 아들한테 미안한 생각이 들었다. 밤에는 천장에서 우당탕 쥐들의 마라톤 대회가 벌어지곤했다. 처음에는 귀에 거슬렸지만 나중에는 적응이 되어 자장가로 들으며 잠을 자야 했다.

그러나 시멘트 문화로 찌들고 경제 문제로 시달리며 피곤에 찌들었던 나는 새소리를 들으며 싱그러운 아침을 맞이하고 천진난만한 아이들을 보는 것만으로도 힐링이 되고 있었다.

교회에 오지 않는 주민들도 순박하고 이웃사촌처럼 대해 주셨다. 인사하러 다니던 중 조그만 구멍가게를 하시는 할머니 댁을 방문하니 반갑게 맞이해 주며 전도사님 대접할 게 없다며 콜라를 꺼내 주시려 하다가 차갑다며 데워 주시겠다고 하면서 냄비에 끓여 주셨던 콜라 맛을 잊을 수 없다. (먹어 본 사람만 아는 맛이다)

신정동에서의 경험을 살려 어린이집을 개설하여 무료로 섬겼다. 초등학교 병설 유치원이 제도화되기 전이었기에 마을에도 호응이 좋았고 활기가 넘치며 어린이집에 오는 애들이 20명 이상 되었던 것으로 기억된다.

당시 연구 개발된 지 얼마 안 되는 수지침 교육이 청주 어디에서 있다는 것을 알게 되었다. 무료함도 달래고 자가 요법으로도 유용하게 쓸 일이 있을 것 같아 교육을 받으며 열심히 배웠다. 수지침은 상응 요법과 오행 요법이 있는데 상응 요법은 원리가 간단하고 잘못할지라도 부작용이 발생하지 않았다.

배우기 위해서는 수지침과 침대 세트를 구입해야 했기에 가지고 집에 와서도 나에게 실험삼아 시술을 하고 있던 참이었는데 이웃집 할아버지 한 분이 손목을 다쳤다고 하시며 붙잡고 계신 것을 보았다. "할아버지 침 놔 드릴게. 저희 방으로 들어오세요."

할아버지는 금방 들어오시며 침을 놓을 줄 알았느냐고 하시며 손을 내미셨다.

나는 상응 요법으로 수지침을 시술하고 30분 후에 제거했는데 할아버지는 시원하다고 하시며 몇 번을 고맙다고 하시며 가셨다. 이튿날 그 할아버지가 찾아 오셔서 환한 얼굴로 거의 나았다 하시며 또 침을 놓아 달라고 하시며 침을 맞고 가시면서 천 원을 놓고 가셨다.

이 일이 있고 난 후 며칠 후 나는 용한 침쟁이가 되어 있었다. 소문은 대번 성재2구 백현리, 후기리, 내천 건너 사정리까지 번져 나갔다.

어떤 날을 줄지어 찾아왔고 드디어 그분들이 사시는 마을로 와 달라 하여 찾아가 시술을 해 드렸다.

의료보험이 생기기 전이었고 치료받으려면 시내로 나가야 했고 치료비도 문제가 되었기에 근처에 용한 침쟁이가 있다는 말은 그들에게 복음이었을 것이다.

순박한 나의 부모님 같은 분들과 이야기도 나누고 침을 맞고 좋아하며 때로는 나았다 하는 말을 듣는 것이 내게는 너무 달콤했다.

거기다가 침을 맞고는 천 원을 놓고 가셨는데 비로소 내 호주머니에는 돈이 떨어지지 않았고 모처럼 목돈이 모아지기도 했던 어느 날 나

나는 너를 원한다

는 병천에 나가 내가 그렇게 부러워하던 중고 오토바이를 9만 원에 사서 타고 들어올 때는 세상을 다 가진 느낌이었다.

그동안 나는 도보로 장에 가거나 20여 분을 걸어 나와 오창 가는 버스를 이용하기도 하며 특별한 날은 집사님 남편 자전거를 빌려 타야 했다. 나는 오도바이를 타고 왕진도 다니고 물 만난 고기처럼 싸돌아다녔다. 그런데 그 오토바이 덕분에 하나님이 예비하신 대길로 올 줄을 누가 알았겠는가!(생각하지 않은 돈이 생기는 것은 목적이 있다)

간판은 대한예수교 장로회 성재교회로 붙어 있지만 전에 시무하시던 목사님이 어느 장로교 목사일 뿐 어느 교단에 등록되어 있거나 교단의 지시를 받고 있지는 않았지만 교인들은 이미 장로 교인이 되어 있었다.

나는 감리회 신학을 이미 마쳤고 장로교 목사가 되기는 싫어서 양자택일을 해야 했다. 내가 장로교 목사가 되든가 교회를 떠나야 하는 거였다. 교회가 시작되고 처음 시행된 부흥회를 성황리에 끝나고 난 후 비로소 주동 집사에게 마음에 있었던 말을 꺼냈다.

어차피 교단 가입이 안 되어 있기에 어느 교단에 가입해야 하고 나는 감리교 목사가 되어야 한다고 하자 집사는 표정이 확 달라지면서 전도사님이 목사 되는 것은 알아서 할 일이고 절대 교회 간판은 바꿀 수가 없단다.

예상했던 일로 진로가 확실히 결정됐으니 마음이 후련했다.

그 후로 교인들의 얼굴은 싸늘히 변해 있었다.

나는 84년 10월 3일 어린이들의 송별회를 끝으로 그곳을 떠나 대길로 왔다.

　내가 떠나기 전날 어린이들이 손에 무엇을 들고 찾아왔다. 내가 떠난다고 가져온 선물인데 고추 말린 것, 고구마, 밤, 콩 등 집에 있는 농산물을 들고 와서 그들 나름대로의 송별회를 해 주었다. 10개월을 몇 년처럼 살았고 쉼도 누리고 즐거운 시간도 많았던 성재리는 내게는 하나님이 마련한 푸른 초장 잔잔한 시냇가였다.

주막집에 세워진 십자가(대길교회)

성재교회에서 중고로 구입한 오토바이가 생긴 후 삶의 질이 바뀌었다.

툭하면 뒤에 아내를 태우고 오창이나 병천 오일장에 나가고 심심하면 근처를 순례하기도 했다. 그날도 무엇에 홀린 듯 오토바이를 타고 오창을 지나 청주 방향으로 가고 있었다. 팔결다리를 건너가고 있는데 둑 옆으로 일자형으로 구성된 마을이 보였다.

나는 교회 없는 동네를 보면 둘러보는 버릇이 있어 그날도 그 버릇이 발동했었나 보다. 오토바이로 그 동네를 한 바퀴 돌아본 다음 둑길을 따라 윗길로 올라가다 보니 내수 천주교회가 내려다보이고 현재는 읍으로 승격했지만 그 당시는 북일면 소재지와 내수초등학교와 내수중학교가 있는 동네가 한눈에 보이면서 거기에서 조금 떨어진 섬 같은 마을이 보였다.

그래서 곧장 오토바이로 불과 5분 정도 달리니 마을 입구 기차 철로를 건너 보니 그곳이 북이면 소재지가 있던 신기리였다. 대충 20~30가구가 형성된 마을인데 거기에도 교회는 없었다. 뒤에는 야산 그리고 논으로 앞면이 둘러 있고 논길 중앙으로 자동차 길이 나 있는데 길 끝에는 철길이라 보행 금지 장치가 있었다.

두 가지 생각이 번개처럼 들었다.

어떻게 이런 곳이 면 소재지가 됐을까이고 이 동네도 교회가 필요하겠구나 하는 생각이었다.

얼마 후에 그 동네에 신기 순복음교회가 들어온 것을 볼 수 있었다. 나는 당장 길거리에 있는 어르신에게 이 동네에 교회를 세우면 나올 사람이 있겠느냐고 묻자 그 어르신은 자기도 내수장로교회 집사라고 하면서 이 동네에서는 교회 다니는 사람은 자기 혼자밖에 없다고 하시며 교회를 세우려면 여기보다는 좀 더 안쪽으로 들어가면 대길리가 나오는데 그 동네는 교회가 세워지길 바라고 있다고 하시며 나와 같이 가 보자고 하셨다.

그 어르신을 오토바이 뒤에 태우고 10여 분 달려 대길1구와 2구를 둘러보니 얼핏 보아도 100여 호는 되어 보였고 그 마을 양옆으로는 서당1구와 2구도 100여 호는 되어 보였다. 그 동네에서 내수까지는 6~7길로 떨어진 있었다. 내수장로교회로 다니는 한 구역이 있었는데 그 어르신도 대길 구역에 속해 있었던 거였다.

지역에 교회가 필요한 사람들이지만 그분들과 함께 교회를 개척하는 것은 나의 영역이 아닐 것 같아 내수교회 다니는 사람 중 한 분을 만나 보라고 하는 것을 "아뇨. 다음에 만나겠다."고 하면서 그 어르신을 모셔다 드리며 감사 인사를 하고 헤어졌다.

그날 집에 와서 아내에게 그날 있었던 일을 말하며 거기에는 교회가 꼭 필요한 마을 같다고 하는 말에 아내도 흥미롭게 듣고 있었다.

아침을 먹으면서 아내는 어젯밤 좋은 꿈을 꾸었다며 거기에 교회를 개척해야 할 것 같다며 그 동네에 가서 빈집을 찾아보자고 했다.

생각해 보니 입구에 빈집이 있었던 것을 기억하고 달려가 보니 길옆에 폐가가 하나 있고 동네와 약간 떨어져 있어 교회 처소로는 좋겠다마는 형편이 말이 아니었다.

(대길리와 서당리 경계인데 그 집은 서당리에 속해 있지만 대길리와 가까웠기에 대길교회라 명명했다. 후에 서당리 땅에 대길교회라 했다며 항의를 받기도 했다)

시골에는 개척교회를 할 수 있는 마땅한 건물이나 처소가 여의치 않다는 것을 알고 있기에 다른 길은 없다고 생각되었고 하나님이 예비한 장소일 거라고 믿었다.

그래서 물어물어 서당리2구에 살고 있는 주인을 찾아갔더니 그러지 않아도 200만 원 정도에 팔려고 한다고 하면서 살 사람을 기다리고 있는 중이라고 한다.

그 정도의 돈이 나에게는 있지도 않았고 당장 처소는 필요했기에 나는 주저주저하다가 지금은 전세로 하고 2년 후에 사는 것으로 하면 어떠냐고 제안을 하니 그럼 그렇게 하자고 해서 계약 날짜를 정하고 형님한테 돈을 보내 달라 해서 70만 원에 전세 계약을 하게 되었다.

나중에 알게 된 바로는 주막집이었는데 자살 사건이 일어난 후 이렇게 폐가가 되었다고 한다.

전세 계약을 하고 그다음 주간부터 오토바이로 1시간 정도 되는 거리를 오가며 2주간 정도 수리를 혼자 했다.

수리를 하러 작업복을 입고 폐가로 들어가는 모습을 보던 초등학교를 가던 아이들의 말이 들려왔다. ("거지가 저 집에서 사나 봐.")

우선 방 안에 여기저기 있는 똥을 치우고 손수 연탄보일러를 호수를 깔고 세면으로 바르고 도배를 하고 마당에는 등나무 넝쿨이 사방으로 휘날려 있어 잘라내고 다듬어야 했다.

주방에 솥을 걸어 놓았던 부뚜막을 제거하고 땔감 등을 두기 위해 막아 높은 흙벽돌을 제거하는 것이 만만치 않았다. 그 흙벽돌을 헐어 바닥에 깔고 깨트려 평평한 바닥을 만들고 보니 8평 정도의 홀이 나왔다. 거기에 왕겨를 깔고 장판 깔고 나니 제법 깔끔한 분위기가 연출되었다.

터져 있는 외벽을 합판을 사다 두르고 흰 페인트를 칠하고 거기에 대길교회라 쓰고 나니 그럴듯해 보였다. 철장이 마당에 있기에 한 도막을 잘라 십자가를 만들어 세우고 나니 어엿한 교회가 되었다.

이렇게 해서 외형적인 대길교회가 탄생했다. 나중에 안 일이지만 교회가 세워지기 위한 또 다른 힘이 작용하고 있었다.

여기에 대해서는 엄균형 장로의 자서전을 인용하고자 한다.

엄균영 장로의 『너는 내 것이라』는 저서 73~80쪽, 「술독이 변하여 강대상이 되고」라는 제목으로 그때의 상황을 기술하셨다.

술독이 변하여 강대상이 되고

충현교회에서 교육을 받으며 신앙생활을 하고 있을 때였다. 성경을 읽는데 이 두 말씀이 은혜로 다가와 내 마음을 크게 움직였다.

"주 예수를 믿으라 그리하면 너와 네 집이 구원을 받으리라"(행 16:31)

"너희가 기도할 때에 무엇이든지 믿고 구하는 것은 다 받으리라"(마 16:31)

나는 이 말씀을 붙들고 고향에 있는 형제, 친족, 고향 사람들이 구원을 받도록 기도했다. 특히 그들이 복음을 들을 수 있도록 고향인 대길리에 교회를 세워 달라고 간절히 기도했다.

하나님께서 불교 집안의 7남매 중 막내인 나를 먼저 부르셔서 가족과 고향 사람들을 구원하는 도구로 사용하기 시작하셨다.

고향땅에 세우신 교회

그렇게 기도한 지 3년쯤 되었을 때였다. 마침 추석이 되어 가족과 함께 고향에 계신 형님 댁으로 가는데, 우리가 타고 가는 승용차가 고향 대길리 어귀에 들어섰을 때, 어릴 적부터 주막집으로 사용하던 초가집이 눈에 들어왔다. 그런데 내 눈에 들어온 초가집은 나를 놀라게 했다.

몇 해 전부터 사람이 살지 않아서 다 쓰러져 가는 초라한 주막집 벽에 "대길교회"라고 쓰인 간판이 보였다. 나는 주막집 앞에 차를 세운 다음 가족은 차 안에서 잠시 있게 하고 혼자 차에서 내려 부엌문을 살짝 열어 보았다.

그랬더니 이게 웬일인가! 술독이 있던 자리에 십자가가 붙은 자그만 강대상이 놓여 있었다. 부엌 바닥은 교인들이 앉을 수 있게 비닐 장판이 깔려 있었다. 어린 시절 술 주전자를 들고 심부름을 오던 허름한 주막에 교회가 세워진 것이었다.
"오 하나님! 술독이 변해서 강대상이 되었네요!"
나도 모르게 그 작은 강대상 앞에 무릎을 꿇고 외쳤다.
몇 번을 외치며 감격의 통곡을 하고 있을 때였다. 방에서 부엌으로 통하는 쪽문이 열리며 옛날에 주모가 나오던 작은 문으로 한 젊은 남자가 나타났다. 내가 외치는 소리를 듣고 놀라서 나오신 대길교회의 김홍봉 목사님이었다.

"누구신가요?" 목사님께서 다가와 물으셨다. 나는 서울 충현교회의 집사인데 이곳 대길리에서 태어나 중학교 때까지 살았고 지금 형님

댁으로 추석을 쇠러 가는 중이라고 말씀드렸다. 목사님께 이 교회가
언제 세워졌냐고 물었더니, 몇 개월 전에 하나님께서 이곳으로 인도
하셨다며 아직 여성도님 몇 분과 노인분들이 전부라고 대답하셨다.

나는 목사님께 3년이 넘도록 고향 사람들을 위하여 기도하게 하신
하나님의 뜻을 전하고 대길교회는 대길리와 인근 마을의 영혼들을
구원하는 방주가 될 것이라고 확신을 더해 드렸다. 그리고 이 교회가
부흥하도록 계속 기도하며 자주 찾아뵙겠다고 약속을 하고 목사님
과 헤어졌다.
우리 가족은 형님 댁에 가서도 형님 가족들과 추석을 지내면서 가족
예배를 드리고 형님과 형수님께 복음을 전한 다음 서울로 왔다.

– 중략 –

얼마 후 대길교회는 목사님을 포함한 온 성도의 간절한 기도로 어려
운 상황에서도 땅을 사게 되었고 목사님께서 직접 성도들을 이끌고
예배당 건축의 사명을 감당하셨다. 그리하여 길 옆 언덕 위에 아름다
운 예배당을 세우게 되었다.

오직 하나님의 부르심을 따라 그 사명을 감당하기 위해 십자가를 지
신 충성된 종, 김홍봉 목사님과 사모님의 충성된 모습은 내 삶의 등
대가 되어 그 후 나의 신앙에 어려움이 찾아올 때마다 갈 길을 인도

해 주셨다.

착하고 충성된 하나님의 종 김홍봉 목사님은 현재 청주시에서 한무리교회를 섬기시며 목회하고 계신다. 나는 김홍봉 목사님과 사모님을 지금도 잊을 수가 없다. 어린 신앙으로 드린 믿음의 기도를 들으시고 술독이 변하여 강대상이 되게 하신 하나님의 은혜에 감사 또 감사드린다.

『너는 내 것이라』 2012년, 생명의 말씀사 발행

84년 토담집 예배당의
성대하고 이상한 성탄축제

84년 10월 3일 이삿짐을 실은 트럭과 함께 대길로 향했다.

성재리에서 나의 떠남을 아쉬워하던 어린이 몇 명이 함께 따라와 주었다. 맞이해 주는 사람도 반겨 주는 사람도 없이 트럭 기사와 이삿짐을 내리는데 논에서 일하시던 어르신 한 분이 오셔서 거들어 주셔서 마음이 따스해졌다.

나중에 보니 윤원석 집사님(나중에 권사가 되었음) 남편이셨다. 금요일 이사를 하고 첫 주일이 되는 날 과연 사람이 올 것인가가 궁금했다. 주일이 되자 와자지껄 소리가 나서 보니 학생들이 몇 명 들어왔고 뒤이어 아내 나이로 보이는 새댁과 함께 시어머니인 듯한 어르신(이강연 집사님과 시어머니 조대임 집사님)이 함께 들어왔다.

이강연 집사님은 처녀 때 교회 다니다 못 나가고 있던 중 교회가 생겨서 오게 됐고 조대임 집사님은 내수장로교회를 다니시고 계신데 며느리가 간다고 하니 따라 오셨다고 했다.

매주마다 학생들이 증가하여 20여 명이 되어 갔고 내수장로교회 다니시는 팀 중 한 분만 제외하고 대길교회에 합세하게 되었다.

어떻게 그렇게 오랫동안 다니시던 교회를 정리하고 여기로 오셨냐고 윤원석 집사님에게 물었다.

같은 교단이 아닌데 본 교회에서 쉽게 허용할 리가 없을 거라고 생각이 되었기 때문이다.

그제서 집사님은 자초지종을 털어놓으셨다. 내수까지 교회 다니기가 힘이 들기도 하고 동네에 교회의 존재 필요성이 있기에 지교회를 세워 달라고 교회에 몇 번의 청원을 하셨다고 한다. 그럴 때마다 담임자를 먹여 살릴 수 있느냐 하시며 거절을 하셨다고 한다.

그런데 동네에 정체를 알 수 없는 교회가 들어왔다는 사실을 아시고는 노회에 보고하여 노회에서 대길 구역의 있는 분들이 지교회를 원한다는 서명을 받아오면 교회 설립을 해 주겠다는 약속을 받았으니 서명을 하라며 대길 구역 담당이신 장로님이 서명서를 가지고 오셨더라는 것이었다. 그제서 리더 격이셨던 윤 권사님이 슬그머니 화가 나셨다는 것이다.

자기들이 요청할 때는 거절하고 이제 와서 교회가 이미 들어왔는데 또 교회를 설립한다면 시골 마을에 교회가 두 개가 들어서는 것인데 이는 있을 수가 없다고 그 자리에서 반대 의사를 내비치니 거기에 있는 모든 구역 식구들도 합세했다고 한다.

서명서를 받으러 오셨던 장로님은 그럼 알아서들 하시라고 하시며 가시고는 더 이상 오시지도 않으니 이제는 대길교회로 맘 편하게 오게 되었다고 하셨다.

그래서 내수교회로 가시던 분들이 합세를 하시니 30명 이상이 되어 8평 예배당은 차고 넘치게 되었다.

12월이 되자 학생들이 성탄 전야제를 준비한다고 저녁마다 왁자지껄하더니 8평 예배당에 북새통을 이루며 학생 스스로가 준비한 성탄 축제가 열렸다.

　　내용은 그리스마스와 성서의 내용과는 관계가 없는 학교 학예회나 TV 등에 나오는 내용이 포함되기는 했지만 첫 번째 성탄 잔치가 동네 잔치가 된 것은 확실했다.

다시 돌아온 친정 교단 기독교대한감리회

그 이듬해 85년도 봄 승용차가 집 앞에 멈추더니 말끔하게 차려입은 세 신사가 내리셨다.

그 당시 여의도 순복음교회 국내 선교부에 지원을 신청하여 어느 지원자로부터 월 100불의 생활 지원을 받고 있었는데 지원 신청서에 교단 무소속이라고 되어 있는 정보가 제공 되었던 것이다. 당시 순복음 교단 기독교 하나님의 성회에 소속되어 있던 조용기 목사님이 탈퇴를 선언하고 예수교 하나님의 성회란 새 교단을 형성하고 있었다.

이에 따라 여의도 순복음교회를 주축으로 하는 청주 지방회도 새롭게 창립되고 있는 시기였다.

그래서 당시 청주 지방 회장이셨던 K 목사님과 임원이셨던 분들이 참여 의사를 물으러 오셨던 것이다.

당시 무소속이기에 이단 아니냐고 하는 말썽이 나오고 있었고 외롭기도 했고 좀 더 지원도 필요했고 평소에 조용기 목사님의 설교를 들으며 꿈을 키워 왔던 터라 귀에 솔깃하게 들어왔다. 얼마 후 K 목사님에게 참여 의사를 밝힌 후 간단한 절차를 거쳐 예수교 하나님의 성회의 청주 지방에 가담하게 되었다.

그러나 5년 후 조용기 목사님이 다른 입장을 취하셨기에 교단도 다시 재편성되고 청주 지방회도 해체되어 어디에 다시 가입해야 하는 상황이 생기게 되었다. 이 과정에서 중립을 유지하다 보니 또 우리 교회는 무소속 교회가 되었다.

당시 나는 청원 지역 교회 연합회 총무를 맡고 있었고 내수감리교회 안봉규 목사님, 성민감리교회 이양훈 목사님과 각별한 관계를 맺고 있었다.

안봉규 목사님은 감리사에게 우리 교회 가입을 건의했고 감리사는 동부연회 전용철 총무에게 나의 허입을 문의하셨다고 한다. 91년 어느 날 동부연회 전용철 총무님에게서 전화가 왔다.

연회 실행부 회의에서 협동회원으로 받기로 결의하셨다고 하면서 몇 가지 서류를 준비하라고 하셨다.

그래서 91년도에 친정 교단이었던 기독교 대한감리회로 다시 돌아올 수 있었다.

2부

내 머리에 기름으로 바르시니
내 잔이 넘치나이다

전도자 무당이셨던 이배영 권사님

대길교회가 폐가 토담집에서 시작하고 주민의 큰 저항 없이 비교적 순항할 수 있었던 것은 교회를 시작한 지 이미 오래전에 하나님이 이 곳에 민간 선교사를 보내시고 복음의 씨가 떨어지게 하셨기 때문이었다. 민간 선교사 역할을 하신 분이 이배영 권사님이셨다.

나는 심방을 하며 이미 내수교회를 다니시던 분들이 어떻게 예수를 믿게 되었는지를 알게 되었다.

대길과 인근 마을에 오래전부터 매년 한 해의 무고와 무병 등을 위해 무당을 데려와 굿을 하고 자녀들을 시영 어머니로 모시게 했다고 한다.

그런데 어느 해부터는 자신들을 굿으로 액을 몰아내고 복을 빌어 주는 그 무당이 예수를 믿어야 산다고 전도를 하더라는 것이다.

무당 하셨다가 전도자로 변하셨던 분이 이배영 권사님이셨다. 이분이 어떻게 해서 무당에서 전도자로 바뀌었는지는 듣지 못해서 확실히는 모르지만 얼핏 듣기로는 무당 일을 시키던 신이 참신은 하나님이며 예수를 믿어야 구원을 받을 수 있다고 가르쳐 줘서 얼마 동안은 무당을 하면서 교회를 나갔다고 하셨다. 어찌되었던 하나님의 놀라운 역사가 있었던 것이다.

그러니 자신들의 정신 지주대 역할을 하는 무당이 예수를 믿으라고 하니까 어쩔 수 없이 교회를 다니게 되었던 것이다.

말로만 듣다가 후에 우리 교회에 찾아오신 이배영 권사님은 한복을 우아하게 차려 입으시고 평화롭고 인자하고 귀티가 나시며 미인의 얼굴로 곱게 늙어 가시는 기도를 많이 하시는 목소리를 가지고 계셨다.

권사님은 작골(대길)에 교회가 세워지기를 오랫동안 기도했는데 교회가 세워졌다는 소식을 듣고 자신의 기도가 응답되었기에 춤을 추며 기뻐했다고 하셨다.

나에게도 위로와 도움 되는 말씀들을 많이 해 주시며 성도들에게는 목사님을 하나님 다음으로 잘 모시고 절대 복종해야 된다고 늘 강조하셨다.

안산 아들네 사시면서 가끔씩 오셔서 예배에 참석하시며 성도들 가정을 방문하시며 상담과 지도를 해 주시고 내가 못 하는 일들을 권사님이 해 주셨다.

대길 목회의 또 다른 조력자를 붙여 주셨던 것이다.

살얼음판을 걸었던 시간들

어느 정도 예배 인원이 형성되고 정착이 되어 가는데 나는 매일매일 긴장과 초조함 속에서 하루하루를 나와 싸우고 있었다.

교회의 미래가 확정되어 있지 않고 있기 때문이었다.

결론부터 말하면 하나님은 모든 것을 이미 예비하고 계셨다. 이것을 미리 알려 주지 않고 한 걸음씩만 인도하셨기 때문이다.

아브라함에게도 결과에 대해서는 알려 주시지 않고 고향 친척을 떠나라 하시고 결과에 대해서 침묵 속에 아들을 번제로 바치라 하셨는데 거기에 대해서 아브라함은 믿음으로 반응하며 순종할 수 있었던 것이다.

그러나 나는 알지 못하는 내일 일에 대해서 믿음이 부족하니 불안과 근심, 초조 속에 있어야 했던 것을 나중에야 알게 되었다.

이미 약정한 전세 만기가 다가오고 있었고 가격도 처음 말한 것보다 더 오를 것이란 말들이 들려왔다. 그런데 하나님은 바로 뒤편에 407평 임야를 준비해 놓고 계셨던 것이다.

아무리 생각해도 현재 교회 대지는 도로 바로 옆이고 99평으로는 교회 대지로 적당치 않아 다른 건축 부지를 구하기로 결정했지만 가지고

나는 너를 원한다

있는 돈은 내가 살던 전세 보증금 백만 원이었다.

길은 없지만 앞으로 가야 하는 판이었다. 동네 땅 매매를 많이 소개하신다는 어르신(오금옥 권사님 남편)을 찾아가 교회를 지으려 하는데 마땅한 대지를 소개해 달라고 부탁을 했다. 얼마 후 그 어르신한테서 연락이 왔다. 교회 바로 뒤편에 있는 서당리 78-3번지 땅인데 전체 천이백여 평인데 전과 임야로 되어 있는 두 필지의 땅이었다.

주인이 청주에서 사는 분인데 평당 5000원에 판다고 하니 아무 날 만나러 가자고 하셨다. 매입 대금에 대해서는 대책도 없으면서 만나보기나 하자고 그날을 기다리고 만나자고 하는 식당에 가 보니 주인이 안 팔기로 했다는 연락을 받았다고 하셨다.

찜찜한 기분으로 중개 어르신과 식사를 하고 헤어지고 식사대를 내려고 보니 지갑에 돈이 부족하였다. 이런 모습을 들킬까 봐 얼른 주민증을 꺼내 식당 주인에게 주며 식사비를 나중에 내겠다고 그때까지 주민증을 가지고 계시라 하고 식당을 나왔다.

얼마 후 또 그 어르신을 통해 연락이 왔다. 임야 407평만 팔겠다고 하는데 평당 만 원에 팔겠다고 한단다. 가격을 처음보다 배를 더 달라고 하는 터라 우선 만나 사정을 하여 가격 조정을 하든가 대금 지불을 최대로 늦추든가 하기 위해서 땅주인이 살고 있다는 청주 어느 아파트를 찾아가니 407평만 팔고 나면 남아 있는 필지 땅을 팔기가 어려워지니 사려면 전체를 사라 하면서 407평 한 필지만은 안 팔겠다고 했다.

땅이 실제는 두 필지이지만 눈에 보기에는 한 필지였고 모두 밭으로 사용하고 있었다. 속으로 '오 하나님 어찌하오리까!' 하며 간신히 평정을 유지하며. "전체는 저희 힘으로 살 수 없습니다." 하며 집을 나왔다.

그 땅을 사는 것은 이제 끝장이라고 생각하며 모든 것을 포기하고 싶다는 생각도 들었다.

얼마 동안 부지 매입하는 문제는 잊고 지내고 있을 때 집 앞에 승용차 하나가 멈추면서 건장한 50대로 보이는 남자가 내리더니 "이 근방 밭을 조금 사려고 하는데 혹시 밭을 팔려고 하는 사람 있을까요." 하면서 자기를 소개했다.

서울에서 식당을 운영하며 근방에 사는 처남에게 맡겨 소를 좀 기르려고 한다고 했다.

'주여! 주께서 보낸 사람이군요!' 속으로 기도하며 그분에게 서당리 78-3번지 땅을 가리키며 "우리 교회에서 일부만 사고 싶은데 전체를 사야 판다고 해서 못 사고 있다."고 하니 임야로 있는 407평은 우리가 사고 나머지 700백여 평은 그분이 사는 것으로 하고 날을 잡아 주인을 찾아가서 계약을 하게 되었다.

나중에 알게 된 사실이지만 밭으로 이용하면서도 용도가 임야로 바뀌지 않았던 것은 우리 교회를 세우기 위함이었다.

임야는 종교 용지로 형질 변경이 가능하지만 지목이 절대 농지로 되어 있는 땅은 종교 용지로는 형질 변경이 불가능했다.

나는 그동안 두 번의 좌절을 당하고 세 번째 일이 성사되는 경우가 많았는데 이번에도 그랬다.

서울에서 살던 보증금이었던 100만 원으로 계약금을 치르고 나머지 207만 원은 내수신협에 200만 원 적금을 들고 3개월 후에 누가 보증을 해 주면 적금 대출을 해 준다 했다. 적금을 들고 이강연 집사님 남편 공무원이셨던 장근상 씨(지금은 교회를 다니시고 계시지만 그때는 교회를 다니지도 않으시며)가 선뜻 보증을 서 주서서 적금 대출로 200만 원을 만들 수가 있었다.

땅을 사느라 생활비도 반으로 줄었는데 나머지 대금 100만 원을 만드는 것은 역부족인 것 같아 함께 땅을 사신 분에게 100평만 사 달라 하여 100평은 다시 그분이 사는 것으로 하여 대지 대금 문제는 일단락 되었으나 후에 나는 내가 믿음 없어 하나님이 예비하신 것조차 다 차지하지 못한 것 같아 후회하고 또 후회가 되었다.

다시 경계 측량을 하게 되어 교회 부지는 서당리 78-4가 되었다.

이유를 알 수 없는 토목공사 설계비 무료

땅만 있다고 해서 교회를 건축할 수 있는 것이 아니라 종교 용지로 지목을 바꿀 수 있어야 가능한 것이었다. 이런 것도 모르고 아무 부지만 있으면 교회를 지을 수 있다고 생각하고 어떤 땅이든 교회 부지를 사려고 버둥대는 나에게 최적의 장소 최적의 조건을 가지고 있는 서당리 78-3번지를 예비하시고 인도하셔서 그 땅을 성전터로 마련하게 하셨다.

청원 군청 건축과를 찾아가서 시골에 교회를 지으려고 하는데 어떤 서류가 필요한지 알아보려 왔다고 하자 거기가 교회 지을 수 있는 지목으로 되어 있느냐고 하면서 번지수가 어디냐고 물었다.

토지대장을 가져오라 해서 보여 주며 임야로 되어 있지만 밭으로 사용하고 있다고 했더니 여기만 아직도 임야로 되어 있는 것이 이상하다 했다. 따로 떨어진 것도 아니고 좌우 모두 절대 농지인데 가운데에 있는 407평만 임야로 되어 있었던 것이다.

고개를 갸웃갸웃하면서 아직 지목이 임야이기에 종교 용지로 형질변경이 가능하다고 하면서 이런 땅을 어떻게 찾아냈느냐고 하였다. 사실은 성령님이 찾아주신 것이었다. 그래서 필요한 서류를 적어 주면서 군청 옆에 무슨 설계 사무소에서 토목공사 설계도를 신청하고 그 설계 서를 첨부하는 서류를 제출하라고 했다.

설계도를 신청한 후 오라는 날짜에 설계 서류를 찾으러 가서 설계 비용을 지불하려고 하니 저희가 무료로 해 드리기로 했다면서 비용을 받지 않고 그냥 가라고 했다. 감사합니다 하며 머리 숙여 인사하고 나왔지만 어떤 이유로 무료로 해 주었는지는 지금까지도 알 수가 없다.

얼마 후 형질 변경 허가와 형질 변경 부담금 납부서 우편물이 날아왔고 그 부담금 내는 것이 조금도 아깝지 않았다.

사기꾼을 통해 지어진 조립식 성전

토목공사와 종교 용지로 형질 변경이 이루어졌으나 거기에 교회를 건축하는 것은 막막하기만 했다.

그렇지만 성전 건축은 절실한 상황이었다. 그래서 아내와 나는 새벽과 저녁 늦게까지 나는 강대상 앞에서 아내는 강대상 뒤에서 기도를 하고 있었다.

그러던 어느 날 지나다니며 보아 왔던 육거리 꽃다리를 건너기 전 ○○조립식 건축 사무소란 곳을 찾아갔다. 30평 정도의 교회 건물을 지으려고 하는데 견적을 내 보러 왔다고 하였다. 안내를 하던 20대로 보이는 과장이라는 분이 대충 평당 20만 원 정도인데 재질과 설계와 지역에 따라 달라진다고 하면서 자기가 찾아가서 직접 지역과 장소를 보고 자세하게 안내하겠다고 하였다. 알았다 하면서 집으로 돌아왔다.

얼마 후 밖에서 찾는 사람이 있어 나가 보니 조립식 건축 사무소에서 안내해 주던 과장이었다.

내수에서 걸어왔다고 하면서 숨을 고르고 있다가 뜻밖의 제안을 하는 것이었다.

교회의 사정이 어려우신 것 같아 특별한 가격에 해 드리기로 했다면서 30평이면 다른 곳에서는 600만 원 정도 받고 있는데 450만 원에 해 주겠단다. 그 대신 55%인 250만 원을 계약금으로 달라는 것이었다.

그리고 나머지는 3년 안에만 주면 된다고 하면서 내가 요구하는 조립식의 고가 너무 낮기에 기초 작업을 한 후 40센티 정도를 적벽돌로 쌓은 후 그 위에다 패널을 세우는 것도 해 주겠다는 것이었다. 내가 생각하기에도 파격적인 조건이었다.

나는 그가 내미는 계약서를 받으면서 가슴이 두근두근 뛰고 있었다. 나는 한 가지 제안을 하겠다고 하면서 기초 작업과 벽돌 띠를 두르는 작업을 마치면 계약금을 드리는 것으로 하자고 하니 한참을 망설이더니 그러자고 하면서 나도 도장을 찍고 그도 회사 사장의 도장을 찍어 계약서를 건네받았다.

그 후로 나는 여기저기서 돈을 끌어모아 계약 대금을 준비하였다. 계약금 250만 원만 준비하면 그토록 간절하던 성전건축이 이루어진다니 못할 일이 무엇이랴! 그리고 공짜는 양잿물도 먹는다 했다. 3년 내로 잔금을 주면 된다고 하였으나 나에게는 공짜 같았다. 무엇인가를 간절히 찾고 원하면 그 일은 반드시 이루어진다는 것을 알게 되었다.

약속한 대로 기초 공사와 패널을 세울 벽돌 쌓는 공사가 이루어지고 나도 계약금 250만 원을 지불하였다. 그리고 조립식 설치 작업이 시작되어야 하는 날짜가 지나가는데도 아무 소식이 없었다.

당시에는 휴대폰이 없었기에 기다리다가 그가 준 명함에 있는 사무실로 전화를 해야 했다.

아무개 과장하고 교회 건축 계약을 한 사람인데 약속한 날짜가 지났는데도 공사가 이루어지지 않아 전화했다고 하니 전화 받는 사람은 영업을 하던 사람인데 지금은 우리 회사를 그만두었다는 것이다.

그리고 그러한 계약이 있었는지도 모르는 바이고 그 사람과 연락도 안 된다고 하는 것이었다.

나는 가슴이 찢어지고 심장이 터지는 심정으로 아연실색을 해야만 했다. 나는 며칠을 몸도 가눌 수 없을 정도로 절망하며 "오! 하나님 어찌하오리까!"를 토해 냈다.

그리고 간신히 평정을 되찾아 그가 준 계약서와 그의 명함을 보니 계약서에는 분명히 그의 이름이 쓰여 있는 것이 아니라 그 회사의 사장 이름과 사장 도장이 찍혀 있었다. 나는 그 계약서를 들고 사장이라고 하는 사람에게 "이 계약서를 보라. 사장 이름과 사장 도장으로 되어 있지 않느냐." 하며 그 계약서의 유효함을 주장했다. 그 계약대로 이루어져 어엿한 조립식 건물 1차 성전이 이루어졌다.

그 후로 적벽돌로 현관 공사를 하였으나 십자탑을 세우지 못해 아쉬워하고 있는데 목양순복음교회 김은수 목사님이 교회를 이전한 후 설치했던 십자탑을 줄 테니 해체하여 가져가라 하셨다.

나는 쇠톱을 몇 개 사 들고 가서 하루 종일 철로 만들어진 십자탑을 자르고 해체했다. 손이 부르트고 손마디가 쑤셨으나 교회에 십자탑이 세워질 것에 대해 마음이 설렜다.

무엇이든 간절히 원하면 그 일을 할 수 있는 힘도 주어진다는 사실도 알게 되었다.

앞에는 적벽돌 현관과 십자탑 적벽돌로 40~50센티를 쌓은 후 설치

된 조립식 건물 성전은 대번 보아도 일반 조립식 건물과는 다른 모습
으로 보여졌다.

건축 후 최초 모습(좌측), 현관 건축 후 앞면 모습(우측)

교회는 조립식, 사택은 양옥 슬래브

교회가 토담집에 있을 때에는 의심의 눈초리로 보고 있었다는 것을 들려오는 말들을 통해 인지할 수 있었다. 내수로 다니다가 대길교회로 이적한 사람 중에 다시 이탈하면서 온갖 말로 부정적인 말을 지어내기도 했다. 목사가 가짜라느니 병들어서 들어왔다 하더라느니 그 교회는 없어진다고 하면서 안 없어진다면 자기 열 손가락에 장을 지진다고도 했다고 한다. 후에 어느 목사님도 과연 대길교회가 계속될지 의아했다고 고백하기도 하셨다.

그런데 땅을 사고 교회를 건축하고 나니 외부적으로도 신뢰를 얻게 되고 내부적으로도 서서히 변화가 오기 시작하였다.

나는 조립식 성전 30평 중 10평을 칸을 막아 방 1개와 통로 겸 주방으로 사용하고 있었는데 화장실은 살던 집까지 3, 4백 미터를 걸어와서 재래식 화장실을 사용해야 했다. 우리 가족도 불편했지만 가끔 손님이 오시면 체면이 말이 아니었다.

특별한 관계를 맺고 있는 최병현 목사님을 모시고 부흥회를 했는데 나중에 고백하시기를 너무 난감하여 하루만 하고 그냥 돌아가실까도 생각하셨다고 하셨다.

나는 어떻게 하면 사택을 건축할 수 있을까를 기도하며 고민하면서 간단하면서 효율성 있는 사택 설계도를 만들기도 하였다.

1988년 어느 날 내게 꼭 필요한 정보를 알게 되었는데 지금은 자녀를 많이 나면 각종 혜택을 주는데 그 당시는 "아들딸 구별 말고 하나만 낳아 잘 기르자."라는 슬로건을 내걸고 산아 제한 정책을 전개하면서 이 정책에 동조하며 한 자녀를 둔 가정에 저금리 주택장기 대출 혜택을 주는 제도가 있다는 것을 알게 되었다.

아들만 한 자녀를 두고 있는 나는 이 혜택을 사용하여 사택을 지어야겠다고 생각하게 되었고 실행하게 되었다.

500백만 원을 20년 상환하는 장기 대출이 가능하였기에 거기에 맞추어 건축을 해야 했다. 사택 지을 자리가 이미 예정되어 있었고 농촌 20평 이하는 신고제이었기에 그냥 시작하기만 하면 되었다. 포클레인을 불러 터를 파고 기초 작업을 교인들과 직접 콘크리트 작업을 했다.

대길에 사셨다고 하는 목수와 벽돌 조적 일을 하시는 화죽교회 장로님에게 전반을 위임하고 이분들이 요구하는 자제를 공급하며 모든 디모도(조력)을 내가 하며 건축이 진행되었다.

슬래브 작업도 지금은 시멘트 차와 호스로 간편하게 이루어지는데 우리는 수작업을 해야 했다. 다행히 온 교우와 믿지 않는 교우 가족까지 동원되어 한쪽에서 시멘트 모래, 자갈을 섞은 것을 세숫대야 등에 담아 지붕에 올려 개미 역사로 슬래브 대공사가 이루어졌다.

뒤편에서 바라본 공사 중인 사택과 완공된 사택

사택이 완공되고 입주하는 날은 나는 꿈을 꾸고 있는 것 같기도 하고 천국에 온 것 같은 착각을 하기도 하였다.

그러나 후에 안 좋은 말을 지어내는 사람들에 의해서 교회는 조립식으로 지어 놓고 사택은 양옥집 짓고 산다는 말을 가끔 듣게 되었다. 그분들이 어떤 마음으로 하든 그 말은 맞는 말이었고 나는 그 말이 늘 마음에 걸렸다.

호사다마 기도원 길 교통사고

1991년이 시작되는 첫 주, 지난해 사택 건축과 입주에 대한 감사와 신년도에도 주의 은총을 기원하는 기도 주간으로 정하고 여주 기도원을 찾게 되었다. 구입한 지 얼마 안 되는 베스타 12인승 승합차를 타고 여주 기도원에 도착하고 보니 기도원에서 진행하는 신년 축복 성회가 진행되고 있었다.

시간 시간 집회에 참석하여 은혜를 받으며 한 주간이 지나고 토요일이 되어 새벽기도회를 마치면서 바로 집에 올 채비를 하고 승합차에 타려고 걸어 나오면서 아내는 새벽녘에 있었던 꿈 이야기를 하는데 듣기에 매우 불길한 내용이어서 기분이 언짢았다.

꿈도 아닌 기도 중 비몽사몽 중에 본 것이라고 하는데 괴상하게 생긴 물체가 나를 향하여 활을 쏘려고 하는데 그 화살에 맞으면 살아남지 못할 것 같아 조마조마하고 있었는데 진짜 화살을 당기어 날아오는 것을 아내가 손으로 내밀어 막는 바람에 아내 손이 다치고 나는 화살을 맞지 않았다고 한다.

이 말을 듣고 기분이 상했지만 집에 간다고 생각하니 금방 언짢은 생각은 없어졌다. 집에 오려고 채비를 하고 나오는데 청주에 오시는

두 분 목회자가 합류하여 우리 승합차를 타고 있었고 데리고 갔던 초
등학생인 처조카도 뒷자리에 타고 있었다.

이른 아침 시간이었고 날씨도 흐릿하였다. 여주 방향으로 달려 20
여 분을 지나가는데 앞쪽에서 역방향으로 가는 차가 번쩍번쩍 위험
신호등을 켜고 뒤따라오는 차도 역시 위험 신호등을 킨 채 지나가고
있었다.

대개 교통경찰이 있으니 조심하라는 신호를 줄 때 위험 신호등을 켜
주는 경우가 있어서 이런 이른 아침에 경찰이 나왔을까 하며 아무리
두리번거리며 보아도 경찰은 보이질 않았다. 불과 1킬로 정도 달리고
있는데 약간 구부정한 내리막 길가에 트럭이 정차하고 있고 그 앞에는
도로 옆으로 굴러떨어진 차가 보였다.

정차되어 있는 차를 피하려면 속도를 줄여야 하기에 브레이크를 밟
는 순간 바닥이 빙판길이란 것을 알게 되었다.

이상기후로 전방에만 비가 내리고 급하게 날씨가 추워져서 빙판길
이 된 것을 전혀 인지하지 못했던 것이다.

브레이크를 밟는 순간부터 차는 균형을 잃고 걷잡을 수없이 미끄러
지다가 정차되어 있는 화물차 뒤를 들이박고 멈추었다. 뒤따라오던 차
가 우리 차를 또 들이박게 되면서 아내가 타고 있는 조수석 쪽이 찌그
러지면서 압축되어 아내 몸이 끼어서 빠져나올 수가 없었다.

정차 중인 트럭이 산발적으로 튀어나온 철장을 싣고 있었고 그 철장
이 유리를 깨트리고 들어와 아내 얼굴을 파격하면서 오른쪽 볼과 목
부분이 찢어지고 얼굴에는 여기저기 유리 파편이 박혀 있었다.

어디선가 구조차가 와서 차 앞뒤에 줄을 매여 끌어당겨 끼어 있던 아내가 나오긴 했지만 철장이 뚫고 들어와 다리도 많이 상해 있었다.

나는 아연실색하면서 어찌할 바를 모르고 몸만 덜덜 떨면서 보니 나는 아무 다친 곳이 없고 내가 있던 운전석 쪽에는 차체가 전혀 찌그러져 있지도 않았다.

뒷좌석에 있는 두 분 목회자도 타격은 있었겠지만 특별히 다친 곳이 없었고 조카도 다행히 다친 곳이 없었다.

그때 함께했던 목사님 한 분이 간절히 기도해 주실 때에 큰 위로가 되었고 어려움 당한 분들을 위해 기도하는 것이 얼마나 중요한 일임을 알게 되었다.

이어서 지나는 트럭 운전사가 병원에 데려다준다 해서 트럭에 타고 아내는 의식이 잃어 가는 것 같아 운전사는 자꾸 흔들어 깨워야 한다고 말해 주었다. 여주 어느 작은 병원에 들러 유리 파편을 제거하고 응급조치를 취한 후 큰 병원으로 가라 해서 청주 성모 병원으로 와 보니 안 목사님과 두 분 목사님이 기다리고 있었다. 이분들을 보니 내 마음도 조금 안정이 되었다.

응급차를 타고 오며 안 목사님에게 도움을 요청했는데 서로 연락을 취하시어 이렇게 달려와 주셨던 것이다. 최 목사님은 즉시로 사고 수습하러 사고 현장으로 달려가셨다.

이분들이 찾아주시고 함께해 주심이 나에게 큰 위로가 되고 힘이 되었고 고난의 현장에 함께해 주는 것이 얼마나 중요한 것인지를 새삼스럽게 알게 되었다.

졸지에 불행을 당했지만 생각해 보면 감사할 일도 많았다.

의사는 철장이 0.01센티만 더 들어왔어도 신경을 다쳤는데 신경은 손상되지 않는 것만도 천만다행이라고 했다.

교회 승합차를 처음으로 장만한 것이고 보험도 무보험이었기에 상당한 물질 피해도 발생했지만 아내가 치료받는 동안 많은 도움의 손길이 줄을 이었다.

감리사님도 교역자 회의에 광고하여 모든 교회가 도움을 결의해 주셨다고 했다. 청주 지방회 모든 교회가 교회의 형편대로 크고 작은 도움을 주심으로 하나님의 사랑과 공동체의 따듯한 사랑을 깊이 경험할 수가 있었다.

그때부터 아내는 얼굴 복원 치료와 함께 성형 수술도 했지만 복원되지 않고 왼쪽의 흉터를 가지고 살아야 했다.

고양이 그리려다 호랑이 그린 2차 성전 건축

점점 교회는 부흥되어 안정이 되어 갔다. 재정도 지출에 비해 수입이 많아져 누적 금액이 쌓여져 가고 있었다. 그때 교회가 가장 필요로 하는 시설은 식당이었다.

가지고 있는 1000여 만 원에 모두가 힘을 보태고 조금 빚을 지더라도 충분히 30평 정도 식당쯤이야 건축할 능력이 있다고 생각되었다.

그래서 나는 교회에 식당 건축을 선포하고 서당리에 사는 건축업자에게 식당 겸 다목적실을 포함한 50평 건축을 의뢰하였다.

포클레인을 불러 터 파는 날이 결정되었는데 심란해져만 갔다.

그 이유는 지금도 사택은 슬래브 집인데 교회는 조립식이라서 가끔 말거리가 되기도 하고 나도 그것이 마음에 걸리는데 식당까지 벽돌집을 지으면 더 이상해지고 보기에도 안 좋아 보일 것 같아서였다. 아무리 생각해도 마음이 편하지 않고 그렇다고 포기하기도 싫었다. 다음 주일 광고 시간에 나는 식당 공사를 새 성전 건축 공사로 바꾸려 한다고 광고했다.

건축업을 했다 해서 식당 공사를 맡겼던 서당1구에 사시는 박 사장이라는 분에게 식당 건축을 위해 기초 작업을 하려 했던 것을 취소하고 150평 건평, 1층 10평, 현관 50평, 식당과 2층 60평과 중 3층 30평 성전 공사를 설계하고 골조 공사 계약을 체결했다. 교회에는 건축 위원회를 구성하고 우리가 최선을 다하고 나머지는 하나님께 맡기자고 했다.

모든 교우들도 대놓고 반대는 못 하지만 의문을 갖고 있는 눈치였고 건축위원장도 가능한 일 같기도 하지만 현실적으로는 뜬구름 잡는 거 같은 생각이 든다고도 했다.

나는 골조 공사만 해 놓고 재정이 안 되면 중단도 하면서 형편이 될 때마다 몇 년이 걸리더라도 그렇게 하면 될 거라고 속으로는 생각하고 있었다.

그러나 95년 2월 기초 공사를 시작하여 150평 3층 건축 공사는 부분적 직영으로 1억여 원의 건축비를 충당하면서 중단 없이 무난히 진행되었고 1년 만에 완공하고 빚도 청산하고 그 이듬해 96년 10월에 봉헌예배를 드릴 수 있었다.

봉헌예배 순서지 뒷면에 건축 보고하는 글에서 나는 남들은 호랑이를 그리려고 해야 고양이라도 그릴 수 있다고 하는데 나는 고양이를 그리려고 하다가 호랑이를 그렸다는 제목의 글을 기고하였다. (다음 장에서 건축 완공 이야기 이어짐)

옷 판매에 나타난 성령의 역사

　50평 정도의 식당과 다목적실 건축이 130평 새 성전 건축으로 확산되었다. 지금까지도 부지 구입과 1차 조립식 성전 건축 과정도 비용을 준비했거나 비용에 대한 준비 계획을 세우지 않고 현재 가지고 있는 것을 드림으로 시작했는데 하나님이 받으시고 처음은 미약하나 나중은 창대케 하심으로 우리가 시작한 것을 하나님이 이루셨던 것이다.

　1천여만 원 가지고 어림잡아도 1억 예산의 성전 건축에 도전하는 일은 누가 보아도 내가 생각해도 무모한 일이었다. 보리떡 다섯 개, 물고기 두 마리를 받으시고 5000천 명 넘는 사람들을 먹이셨던 오병이어의 기적은 지금도 유효하다는 것을 나는 그동안의 경험을 통해 믿게 되었고 무모한 새 성전 건축을 결정하고 밀어붙인 것도 이러한 믿음이 작용한 결과였던 것이다.

　골조 공사를 계약하고 계약금으로 1500백만 원이 지불되었고 2차와 3차에 걸쳐 지불하기로 되어 있기에 우선 골조 대금 준비를 위해서 할 수 있는 일이 무엇인가를 곰곰이 생각하게 되었다.

　그때 교인 중에 건축 기금 마련을 위해 암웨이에서 나오는 생활용품을 전 교우가 사용하자는 제안이 있었다. 그래서 얼마 동안 시행해 보았으나 실제적으로 발생하는 이윤은 미미하기도 했고 판매 후 재고 정리 등 오히려 지엽적인 문제도 발생할 소지가 있어 그만둬야겠다고 생각하고 있을 때였다.

내 머리에 번뜻 떠오르는 생각이 있었다. 내가 신림제일감리교회로 가기 전에 1년여 기간을 무보수 교육 전도사로 조금 도와드리던 관악감리교회의 정희종 장로님 생각이 났던 것이다.

정 장로님은 옷을 만드는 봉제 공장을 운영하셨고 거기에 근무하는 청년들의 상당수가 교회에 오던 것을 생각하게 되었다.

그래서 장로님께 먼저 전화로 성전 건축 기금 마련을 위해 바자회를 계획하고 있어 옷을 좀 주시면 팔아 보겠노라고 하니 한번 오셔서 말씀 나누자고 하셨다. 어느 날 건축위원장이었던 남자 권사님과 함께 찾아갔을 때는 장로님은 계시지 않고 실무를 담당하는 장로님 동생이었던 정의종 집사님이 맞이해 주시며 여성 정장 상의를 10개 정도 주시며 팔아 보시고 안 팔리면 다시 가져오라 하셨다.

4만 원에 팔아도 비싸지 않은 상품이라며 마진 1만 원은 건축 기금으로 쓰실 수 있다고 하셨다. 가지고 와서 사택에 펼쳐 놓고 교회에 광고를 했는데 그날로 모두가 팔렸다고 하였다.

의아해하던 나는 자신이 생기면서 우리 지방 중에 큰 교회였던 몇 교회에 부탁을 드려 보기로 했다.

옷 장사에 나선 나를 보고 건축 헌금에만 의존하지 않고 옷 판매로 기금을 마련하고자 하는 것이 신선한 아이디어라며 격려하는 분이 있는가 하면 그렇게 할 시간에 기도하라는 식으로 부정적인 견해를 말씀하시는 목사님도 계셨다.

정 장로님을 찾아 우리 교회에서의 반응과 계획을 말씀드리니 정장 40벌과 기타 티 종류와 재고로 있던 의류를 주셨는데 그중에는 무료로 주시는 것들도 상당히 포함되고 있었다.

먼저 우리 지방 교회 몇 교회에서는 교회에 광고하여 팔아 주시기도 하고 일부러 선물용으로 사 주시기도 하였다.

청주 좋은교회에서는 여선교회가 주체가 되어 여러 가지 곤란을 겪으면서 상당한 분량을 팔아 주시기도 했다. 후에 사모님께서는 그동안 교회에서 판매 행위를 일절 금했는데 건축 기금 마련이라서 처음으로 허용했고 담임목사님도 여러 번 판매를 광고하셨으나 매끄럽게 진행되지 않아 마음고생을 하셨노라고 하시며 아직 판매 대금이 수금되지 않았으나 다른 돈으로 판매 대금을 준다고 하셨다.

더 이상 교회의 판매 지원을 받을 수 없게 되자 아파트 단지 등 사람이 많이 다니는 곳을 찾아 가두판매를 하기 시작했다.

단속반의 눈을 피해 가며 길거리 등에 옷걸이 설치대를 펼치고 진열하고 판매하는 가두판매는 미미한 날도 있고 어느 날은 한두 개가 팔리기도 하고 어느 날은 왕창 팔리기도 하였기에 인내와 끈기가 필요했다.

처음에는 지원하는 교우가 따라 주기도 하였지만 나중에는 아내와 나만의 일상이 되었다. 아내는 교통사고로 몸도 불편했고 하기 싫은 일이었지만 마지못해 끌려다녔다고 나중에 고백했다.

아침저녁으로 건축 진행 상황을 체크하며 서울로 옷을 가지러 가는 것과 파는 것으로 그해를 보내고 그 이듬해도 간헐적으로 바자회를 열었다.

어느 날 옷을 공급해 주시던 정 집사님이 점심 식사를 대접해 주시며 뜻밖에 말씀을 하시었다.

"성령의 역사는 교회에서만 일어나는 줄 알았는데 옷 판매에도 성령의 역사가 있네요. 성령의 역사가 아니고서는 이렇게 옷이 많이 팔릴 수가 없어요." 하시면서 "전문적인 옷 매장도 목사님이 파시는 것만큼 파는 데가 흔치 않아요."라고 하시는 말이 고무적이었다.

그 후에 정 집사님은 내 정장 한 벌과 아내의 정장 한 벌을 가지고 우리 교회를 방문해 주시기도 했다.

나중에 계산해 보니 옷 판매 대금에서 건축 기금으로 들어간 돈이 3000만 원이 넘었다. (봉헌예배 때 보고됨)

거기에 비용으로 처리한 금액까지 합치면 상당한 금액이었다.

그 정도의 이익을 가져오려면 억대가 넘는 매출이 발생해야 했기에 정 집사님도 놀라셨던 것이다.

교회를 건축하면서 옷 판매한다는 소식을 듣고 관악감리교회 이정석 목사님께서 오셨다. 이정석 목사님은 관악감리교회를 개척하시면서 나를 불러 교육 전도사로 기용해 주시고 최초로 전도사로 불러 주시며 1부 주일예배 설교자로도 세워 주셨던 분이셨다.

5백만 원을 주시면서 신학생 때 차비도 못 주어 미안한 생각에 나를 찾고 계셨다 하셨다. 오랫동안 전화 한 번 못 드린 내가 너무했다는 생각에 부끄러웠다.

관악감리교회는 내가 다닐 때는 개척교회였는데 그 후 크게 부흥되어 교회도 잘 지으시고 대교회를 이루고 계셨다.

나를 주일 저녁 설교자로 불러 주셔서 대성전에서 설교하는 영광도 누렸다.

성전 건축 골조 대금은 우리 교회의 건축 헌금과 옷 판매 대금, 관악교회 지원금 등으로 충분히 충당할 수 있었다.

꿩 먹고 알 먹는 어린이집 운영

새 성전 건축 공사는 중단 없이 진행되었고 완공 후에는 식당을 목적으로 했던 1층을 어린이집으로 운영하게 되었다. 주간에는 어린이집으로 사용하지만 주일은 교회에서의 사용이 가능하기에 교회 목적인 식당으로 사용할 수가 있었다.

교회가 어린이집을 운영함으로 지역 사회로 뻗어 가는 교회로 자리매김을 할 수 있었고 부족한 건축 비용을 충당할 수 있는 효과를 얻을 수 있었다.

1억이 넘는 예산에 일천만 원 가지고 시작한 130평 건축비용으로 옷 판매 대금과 관악교회 지원, 우리 교회 건축 헌금 등으로 50%를 충당하였으나 여전히 자금은 필요했고 우리 교회 힘으로는 남은 필요 자금을 만드는 것은 불가능하였다.

그러던 어느 날 나는 인터넷 서핑을 하다가 정보가 되는 기사를 발견하게 되었다. 당시에는 어린이집이 일반화되지 않고 있었는데 어린이집을 정부에서 권장하기 위해서 법인으로 어린이집을 설치할 경우 5000만 원 설치비와 교사 1인의 인건비를 지원한다는 내용이었다.

즉시로 군청 복지과를 찾아가서 신설 어린이집 설치 지원 자금을 신청하려 한다고 했더니 복지과 주사는 깜짝 놀라며 어떻게 알고 왔느냐고 예산 책정은 됐는데 아직 우리 군에서는 발표하지 않았다고 했다.

그리고는 농촌은 정원 29명 이하 어린이집을 지원할 수 있고 일시금 2500만 원과 교사 1인의 인건비 50%를 지원할 수 있다고 하면서 청원군 지역에 어린이집 설치 가능한 교회 하나만 더 추천을 해 달라 했다.

나는 송현교회 박영모 목사님에게 이 정보를 알렸고 결국 대길교회와 송현교회가 선정이 되어 2500만 원을 설치 자금을 지원받고 어린이집을 운영하게 되었다.

어차피 유효 공간을 활용하는 것이기에 설치 자금을 건축 자금 일부로 사용할 수가 있었던 것이다.

새 성전 건축과 이어 어린이집 운영으로 외부적으로도 많은 변화를 가져오면서 사회적으로 확실한 자리매김을 하였고 내면적으로도 성령의 역사와 더불어 새로운 변화의 바람에 휩싸이게 되었다.

할머니 집사님의 땅문서 건축 헌금

어느 날 E 집사님이 찾아오셨다. 그리고는 서류 봉투를 건네주시며 "이거 팔아서 교회 짓느라고 생긴 빚 있으면 갚으세요."라고 하셨다.

얼른 열어 보니 전으로 되어 있는 집사님 명의의 등기부등본이었다.

"아니 이건 땅문서인데 어떻게 가져오셨냐."고 했더니 사연을 털어 놓으셨다. 나는 그동안 임 집사님에게 일어난 범상치 않은 사건들을 알고 있었다.

할아버지가 돌아가신 후 장례도 기독교 장으로 한다고 하셔서 진행해 드렸는데 그 후로 신앙에 많은 변화를 보이고 있었다. 얼마 전 심방 갔을 때는 특별한 체험을 하신 것을 말씀해 주신 바가 있었다.

할아버지가 돌아가신 후 청주에 사는 아들의 지원을 받으며 혼자서 생활하고 계셨는데 어느 날 벽에 걸려 있는 십자가에서 예수님이 피를 흘리시며 고통스러워하시는 모습을 보셨다는 것이다. 예수님의 발에서 떨어진 피를 닦으려고 보니 없어졌더라고 하셨다. 꿈에서 본 것도 아니고 똑똑하게 두 눈으로 보았다고 하셨다.

나는 집사님에게 너무 귀한 은혜를 받으셨다고 하면서 주님이 집사님을 사랑하는 증거라고 말했었다.

그런데 이번에는 땅문서를 가져오시고 그 연유를 말씀하셨다.

할아버지가 할머니 이름으로 남겨 놓으신 밭이 있으셨는데 밭갈이를 하기 위해 잡초에 불을 놓으셨는데 바람이 불어 옆 밭에 있는 과수원으로 번지게 되었고 그 과수가 불에 타게 되었다고 하셨다.

그 과수원에 상당한 피해를 준 것에 대해 보상을 해야겠다고 생각하고 그 땅을 팔아 보상을 하기로 마음먹고 그 과수원 주인에게 계획을 알렸다. 뜻밖에도 과수원 주인은 만류를 하며 "어르신 걱정하지 마세요. 어르신이 일부러 불 놓으신 것도 아니잖아요. 제가 없는 것으로 할 테니 마음 편하니 가지세요."라고 했다는 것이었다. 이렇게 된 것은 분명히 하나님이 그 사람 마음을 움직였기 때문이라며 더 이상 받은 자신의 것이 아니기에 가져오셨다는 것이다.

그 밭을 팔아 남은 건축 대금을 모두 청산할 수 있었다.

나는 너를 원한다

내 잔이 넘치나이다
(넘치게 채우시는 하나님 역사)

"예수 그리스도 안에서 그 영광 가운데 너희 모든 쓸 것을 채우시리라" 말씀처럼 우리의 쓸 것을 넘치도록 채우셨다.

나는 새 성전 건축이 중단 없이 완공에 이른 것만도 감사 감사였는데 하나님은 내 잔이 넘치도록 채우시는 역사를 베푸셨다.

교회 앞에는 논과 이어지는 높은 둑이 있어 비가 오면 무너지곤 하고 울퉁불퉁한 둑은 미관상으로도 안 좋았다. 둑에 큰 돌로 축대를 쌓고 소나무 수십 그루를 축대 위에 심는 조경 공사는 B 집사 한 사람에 의해 이루어졌다.

어림잡아도 수천만 원대의 비용인데 혼자서 감당한 B 집사는 사업을 시작하여 넉넉지 않음에도 불구하고 그의 옥합을 깨뜨렸던 것이었는데 그동안 미온적인 신앙에 큰 변화가 왔음을 보여 주는 증거였다.

비로소 내 승용차를 주셨다

그동안 교통사고로 부서진 승합차를 고쳐서 사용하고 있었는데 어린이집을 운영하면서 내가 따로 사용할 수 있는 차가 필요로 하는 때였다. 어느 날 주일예배를 드리며 헌금 기도를 드리러 보니 두툼한 봉투가 보였다.

거기에는 목사님 차량 헌금이라고 쓰여 있었다.

무명으로 드렸지만 나는 누구인지 알고 있었다. 그가 드린 차량 헌금은 아마도 지금껏 그분이 만져 보지도 못할 법한 액수였다.

과연 그 돈으로 차를 사야 하나를 고민하기도 했으나 이미 헌금으로 드린 것이고 목적이 설정되어 있기에 처음으로 승용차 4륜구동 갤로퍼를 사게 되었다. 나중에 그 차를 팔아 청주 성전 구입 헌금으로 드렸다.

토담집 성전부지 99평 대지를 사게 되었다

처음 개척을 시작했던 토담집(주막집)을 우리하고 전세 계약했던 주인이 다른 사람에게 매매를 하고 그 부지를 매입하여 새 주인이 생겼다. 그 앞으로 그곳에 돼지 농장을 할 것이라 하면서 경계까지 그려 놨는데 대길교회 올라오는 길목까지 맞닿아 있었다.

그래서 나는 근심거리가 되었고 돼지 농장만을 막아 달라고 기도했다. 돼지를 기르게 되면 소음, 냄새, 미관 등 교회적으로 치명적 피해를 입게 되기 때문이었다.

그런데 어느 날 땅주인이 나를 찾아와서 그 땅을 팔아야 할 일이 생겼으니 교회에서 사면 좋을 것 같아 먼저 찾아왔다고 하면서 평당 30만 원에 사라고 하였다.

나는 즉시로 그렇게 하겠노라 하고 교회에 광고를 했다. 그때는 그 정도는 충분히 교회의 힘으로 할 수 있는 실력이 있었기에 그 땅을 금방 살 수가 있었다. 주일이면 주차가 부족했는데 주차장으로 사용하기에 안성맞춤이었다.

처음부터 하나님이 400평을 예비하셨는데 내가 믿음이 부족하여 100평을 되팔고 많은 후회를 했었는데 작은 신음에도 응답하시는 하나님은 내가 팔았던 100평도 다시 찾아 주셨다.

내 잔이 넘치도록 부어 주셨던 것이다.

한 사람을 두 번 장례식 치른 슬픈 이야기

대길교회는 어르신들이 많았기에 장례식을 집례 해야 하는 경우가 종종 발생했는데 그중에 가장 가슴 아픈 장례식은 한 사람을 두 번이나 장례를 집례 해야 하는 사건이었다.

어느 날 N 집사님으로부터 전화를 받았다. 아들 GD가 우암산에서 목을 매어 자살했다고 연락이 왔단다. 그래서 확인하러 남편이신 아버지가 먼저 갔다고 하셨다. 아들 때문에 속 썩고 있는 것을 지켜보고 있었기에 N 집사님의 절망적인 슬픔이 나에게도 뼈저리게 전해졌다.

그는 교회가 세워지고 첫 번째 성탄절 전야제에 사회를 보던 당시는 고등학생이었는데 충북대에 들어가 졸업한 후 협성대학에 들어가 다니면서 청주 H교회에 다니면서 당시에 교회를 건축하는 H교회의 허드레 일을 한다는 소식을 전해 들었다.

그 후 교육 전도사로 임명받아 학생부를 맡고 있을 때 담임목사가 가족을 H교회로 데려오라 해서 N 집사님도 아들 교회로 가신다면서 H교회로 가셨으나 N 집사님 딸은 우리 교회에 남아서 반주를 담당하고 있었다.

언젠가는 반주자인 자매가 오빠가 여자가 생겼다고 하면서 올케를 맞이할 기대로 부풀어 있었다. 가끔씩 반주자에게 가족 소식을 묻곤 했는데 그때도 오빠 소식을 알고 있느냐 물었는데 반주자는 뜻밖의 소식을 전해 주었다.

사귀던 여자와 헤어졌고 교회에서 오빠의 담임목사가 가족 수대로 1평 이상의 건축 헌금을 하라고 하셔서 8평(?) 정도를 작정하고 40일 금식기도를 했다고 하였다. 청주 땅 한 평이면 상당한 액수였기 때문에 결국 아버지가 땅을 팔아 아들이 작정한 건축 헌금을 주었다고 하는 것이었다.

나는 40일 금식을 했다는 그를 만나 담소를 나누며 어려운 40일 금식기도까지 했으니 앞으로 큰일을 하게 될 거라고 격려하기도 했었다.

N 집사님이 H교회로 나가신 지 1년이 지나가던 어느 날 N 집사님이 다시 나오셨다. 수줍은 얼굴로 H교회에 그만 다니기로 하셨다고 하시며 큰딸과 사위는 교회를 안 다닌다고 했다고 하셨다.

큰딸과 사위도 H교회를 다니며 교회에서 설립한 신협에서 일하고 있다는 소식을 들었던 터였다.

아들도 그 교회에서 나오기로 했다고 하셨다. "아~ 그렇게 됐군요." 하고 당시는 대수롭지 않은 듯 듣고 넘기기는 했지만 진행되는 상황이 하도 이상해서 궁금했다.

N 집사님을 통해서 들은 바로는 GD는 한 학기 남겨 놓은 신학도 포기하고 몇 군데 장로교를 전전하다가 천주교회를 다닌다고 하는 소식을 한숨 섞인 탄식과 함께 전해 주셨다. 아들 말로는 무슨 집회에 학생을 동원하라 했는데 학생 동원이 미미했다는 이유라고는 하였다. 무슨

일이 있었는지는 모르지만 그 담임 목사가 아들을 그렇게 내쫓으며 감리교회는 다닐 생각도 말라고 했다고 너무 야속하다고 하셨다.

얼마 후에는 아들이 집으로 들어와 문을 닫아 버리고 나오질 않는다고 하시며 눈물을 글썽이기도 하셨다.

방 안에서 들려오는 소리는 헛구역질하는 소리와 괴성을 지르는 소리를 하며 밤에 몰래 나와 먹을 것을 꺼내 먹었다. 얼마 후에는 집에서 나간 후 소식도 없고 연락할 길도 없어 실종 신고만 하고 기다리고만 있다고 하시는 말씀을 듣고 아픈 마음을 갖고 있던 터였는데 결국 자살 소식을 듣게 되었던 것이다.

그의 유해가 있다는 병원에 달려가 보니 그의 아버지가 침통한 얼굴로 나오시면서 확인해 보니 아들이 맞다고 하셨다.

이어 나는 위로 예배와 화장 예배를 드렸고 모든 장례 절차를 끝나고 일상으로 돌아와 얼마를 지나고 있던 어느 날 N 집사님에게서 다급한 목소리로 전화가 왔다. 죽었던 아들이 돌아왔다는 것이었다. 나는 내가 꿈을 꾸는 것인가 의심했다. 분명히 죽은 것을 확인하고 장사 지낸 사실이 분명한데 다시 돌아왔다니 황당했던 것이었다.

막 달려가 보고 싶었지만 누가 될까 봐 상황을 지켜보기로 하였다. 나중에 N 집사님을 통해 진행 상황을 들을 수 있었다.

밤에 문을 두드리는 소리가 나면서 죽은 아들 목소리가 나서 선뜻 열지 못하고 있었는데 아버지가 문을 열고 아들을 맞이하고 들어와서는 아들을 끌어안고 둘이 한참을 울었다고 했다. 그리고는 아들에게 그동안 잘못한 것이 많았으니 용서해 달라고 했으며 아들도 그전처럼 이상한 짓은 없었다고 하셨다.

그렇다면 장사 지낸 그는 누구였을까? 그는 가짜 아들이었다. N 집사님은 알고 있는 바를 차분히 말씀하셨다.

아들이 노숙 생활을 하며 지내다가 입고 있던 옷을 벗어 놓고 잊고 있었는데 다른 노숙자가 그걸 주워 입고 있었던 것이다. 그러다가 우암산에 가서 목매어 자살한 것을 경찰서에서는 실종 신고한 GD 아버지에게 연락했고 연락받은 그의 아버지는 경황 중에 아들의 옷을 보고 아들이라고 착각을 했던 것이다.

집에 돌아온 GD는 변화되어 들어왔는지 들어와서 변화됐는지는 모르나 급격히 달라지고 정상인으로 돌아온 듯했다.

성격도 온순해지고 예배에 참석하는 그에게 협성대학 Mdv 과정에 다시 복학할 것을 나는 권하였다.

어느 날 그를 데리고 협성대학을 찾았다. 한 학기만 남겨 놓고 중단했던 그를 복학시키려고 왔다고 하며 어떤 절차가 있느냐고 물었더니 협성대학이 종합대학으로 바뀌면서 그가 공부했던 그 과정 자체가 없어졌다며 공부하려면 다시 처음부터 시작하는 길밖에 없다고 하였다.

그는 희망이 와르르 무너진 듯 상당히 실망하는 눈치였다. 그 후에는 교회에도 나오지 않았다.

그 후 얼마 지난 후 그가 사는 동네에서 괴성이 들리고 있었다.

그가 집 옥상에 올라가서 내는 괴성이었는데 그 소리를 들어 보면 헛구역질 소리와 그가 다니던 담임목사를 저주하고 욕하는 음성을 반복하고 있었다.

정상인의 모습을 모이던 그가 갑자기 변하여 그전 모습보다 더 참혹하여져서 더 큰 목소리로 옥상에서 괴성을 내고 있는 것에 대해 동네 분들이 수군거리며 고개를 절레절레 흔든다고 누군가 전해 주었다.

얼마 후 다시 집을 나갔고 연락을 취할 수 없기에 다시 실종 신고를 하고 있었는데 수개월이 지난 후 항만 어디(?)에서 연락이 왔다고 한다.

제주도 가는 배였는데 중간에 실종이 됐다는 것이었다.

그의 아버지는 직감을 하고 있었으며 그 소식을 듣는 순간부터 그의 유해라도 찾게 해 달라고 기도하고 있었다고 하였다. 그러던 어느 날 경찰에서 연락이 오길 여수 앞바다에서 어부의 그물에 걸려 올라온 시체가 있으니 당신이 실종 신고한 아들인지 확인해 달라고 하더란다.

그 전화를 받는 순간 아버지는 아들이라는 확신이 왔다고 하셨다. 집사님 내외와 집사님 작은아들과 나와 아내는 여수 시체가 있다는 장례식장으로 달려갔다.

시체는 물고기에 의해 많이 훼손됐지만 아들인 것은 확실하다고 하셨다. 우리는 슬픈 마음을 가누지 못하며 GD 죽음 앞에 장례식을 치러야 했다. 한 사람을 가지고 두 번이나 장례식을 하는 마음이 착잡하며 만감이 교차했다.

이 일은 나에게 긴 여운을 남겼으며 그를 누가 죽였는가에 대해서 깊은 생각에 잠기게 했다. 하나님은 그의 아픔을 나에게 먼저 알게 하셨는데 내가 사랑이 부족해서 더 가까이 다가가지 못함으로 그의 죽음에는 내 책임도 있다고 생각되어 괴로웠다.

이를 계기로 후에 청주에 자살예방운동 생명의 전화가 있는가를 알아보니 청주에는 없는 것을 알게 되었다. 나는 생명의 전화를 설립하고자 큰 교회 목사님을 만나거나 유명 인사를 만나 자살예방 생명의 전화의 필요성과 설립을 건의하였다. 청주제일교회 조문행 목사님을 위원장으로 하는 설립 위원회를 구성하였으나 설립 기금을 마련하는 일에는 나의 역량으로는 부족했고 결국 실패로 끝나고 말았다.

그 후 나는 김철안 목사님과 사모님이신 배현숙 원장님이 미국에서 가져온 스데반 돌봄 사역의 필요함을 절실하게 느끼게 되었고 스데반 돌봄 사역 과정을 수료하고 적극 활용하게 되었다. 당시 내가 강의하는 신학교에 건의하여 한 학기를 교과 과목으로 개설하여 내가 강의하기도 하였다.

그의 죽음의 배경에는 사람을 살려야 하는 교회가 있었던 것은 사실이었다. 교회가 "네 이웃을 네 몸같이 사랑하라."는 계명을 얼마나 감당하고 있는지 의아스럽기도 하고, 교회가 성장 지향적으로 가는 길목에서 중요한 이웃 사랑을 빼먹을 수도 있겠다는 사실을 알게 되었다.

이처럼 GD 형제의 죽음을 계기로 나의 목회의 안목이 넓어지는 계기가 되었다.

3부

주의 이름을 위해 의의 길로 인도하시는도다

전도사 사택과 거기에 살던 사람들

새 성전을 건축한 후 내 잔이 넘치도록 채워 주시는 은총 속에서 나의 일거리도 많아지게 되었다.

어린이집을 설치하여 내가 원장으로 원아 모집이나 프로그램 관리 교사와 직원을 관리하여야 하는 일도 만만치 않았다.

그래서 교회 교육 파트와 어린이집 운전을 도와줄 사역자를 찾게 되었다. 조립식 성전을 약간 줄이고 손질하여 전도사 사택으로 사용하니 유용하게 쓸 수 있었다.

처음으로 안영두 전도사가 그 사택에 기거하며 둘째 딸을 낳았다. 안영두 전도사는 토담집 성전 당시 고등학생이었고 청주에서 직장 생활을 하다가 순복음 신학을 하고 결혼한 후 사역지를 찾고 있던 터였다.

안 전도사는 찬양에 은사가 있어 우리 교회에서 찬양 인도를 은혜롭게 진행했고 후에는 찬양 전문 사역자가 되었다.

두 번째로는 목원대학 재학 중인 유호경 전도사가 들어와 아내의 중매로 결혼하여 사택에서 신혼을 차렸다. 후에 유 전도사는 사택이 없었으면 결혼도 못 했을 뻔했다고 우스갯소리도 하였다.

유호경 전도사는 학생들에게 인기도 많고 열성적이어서 학생들이 계속 들어왔고 학생들로 인해 교회의 활기가 항상 넘치게 되었다. 그가 결혼한 조아라 사모는 어린이집 교사 자격이 있어 우리가 운영하는 어린이집 교사가 되었다.

교회는 계속 부흥되어 재적 인원 100명이 넘어가게 되었다.

감리교법에 재적 100명이 넘으면 수련목 인턴을 둘 수 있었다. 수련목은 단독 목회 경력으로만 목사가 될 수 있었던 제도를 개선하여 3년 인턴 보조 사역자로 경력을 쌓으면 목사가 될 수 있는 신설 제도였다.

나는 평소에 친분이 있는 협성신학대학 이세형 교수에게 수련목을 추천해 달라고 했더니 충주의 어느 교회 목사님의 아들을 추천받게 되었다. 그의 부인은 사회복지를 전공하여 어린이집 원장 자격이 있었기에 나는 어린이집 운영을 사모에게 맡기게 되었다.

수련목 전도사 부부는 처음에는 조립식 사택에 살다가 청주 성전이 생기면서 내가 살던 사택에서 살게 되었고 아들도 거기서 낳게 되었다.

이렇게 조립식 성전을 개조한 사택은 중요한 역할을 할 수 있었기에 새 성전 건축이 없었다면 이런 만남도 없었을 것이다.

가르치기도 배우기도 하였다

경제적으로도 여유가 생기기도 하였고 당시 나는 어린이 선교원 신학교에 강의를 하게 되었다. 이것이 연류가 되어 군소 교단 신학교 2개에도 출강하게 되면서 공부를 더 해야 할 필요성을 느끼고 있던 참에 모교였던 협성 신학대학과 미국 듀북대학의 목회학 박사 과정 연계 프로그램으로 개설된 계절학기였던 미국 듀북 신학대학 DMIN 과정을 알게 되었고 지원하게 되었다.

협성대학에서 두 학기를 공부한 후 계절학기로 미국에 두 번을 가서 공부하고 한 번은 여행을 위해 한 번은 졸업을 위해 미국에 가야 했기에 가고 오는 경비가 많았으나 지인의 지원이 있어서 감당할 수가 있었다.

하나님은 이렇게 나에게 가르치기도 하고 배우기도 하면서 견문을 넓일 수 있는 시간을 주셨다.

박사원 졸업식을 감사하며

　이번 졸업식은 내 생애 마지막 정식 학교 졸업식이 될 것 같고 힘든 과정을 지나왔기에 졸업식을 맞이하는 감회가 새롭고 감격스럽다.

　우리 멤버 중에는 몇 사람이 중도에서 탈락했고 몇 사람은 이번 졸업을 하지 못한 것은 보면 나도 그중에 한 사람이 되었어야 했다. 몇 번이나 포기하려고 할 때마다 나를 인도하사 다시 마음을 바꾸게 하셨고 길을 열어 주셨던 것을 생각한다.

　이번 졸업식에도 경비 때문에 불참을 결정하였고 체념하고 있었으나 졸업식이 가까워지면서 마음 한구석에서 아쉬움이 일고 있었다. 그때 김승룡 목사님의 권고로(다른 일행과 합류하지 못하고 나중에 떠나시게 되었음) 우여곡절 끝에 결국은 졸업식에도 참석하게 되었다.

　미국인들 특유의 준비성으로 엄숙하리만큼 기획되어진 졸업 일정은 하나의 작품과도 같았다. 모든 순서를 참석하면서 감격과 더불어 이 귀중한 경험을 잃어버릴 뻔하였다는 나의 바보스러움에 아찔했다.

　졸업식은 이틀간의 일정으로 진행되었다. 하루는 성찬식을 겸한 졸업예배로 섬김이라는 총장의 설교로 졸업생들을 세상에 파송하는 예배를 드린 후 오후에는 립셉선장으로 인도되었고 많은 MD 과정 졸업생들과 교수와 관계자들이 탁자에 앉아 만찬과 함께 축하 메시지 또는 졸업생들의 석별 인사를 자유롭게 하면서 장학금을 나누어 주는 자리였다.

이튿날 우리는 설레는 마음으로 졸업식장에 들어갔다.

대기실에는 MD 과정 졸업생들이 와 있었고 우리가 들어가자 안내자가 여러 가지 졸업식에서 지켜야 하는 안내 사항들을 영어로 말하고 있었다.

졸업식장인 웨스터 민스터 홀은 아름답다 못해 황홀감을 자아내기까지 하였다.

드디어 졸업자들의 입장과 함께 졸업식과 학위 수여가 시작되었다.

그 졸업 식장에서 울려 퍼졌던 축하 팡파르 소리를 들으며 좌우에 둘러선 축하객들의 박수와 더불어 박사 가운을 입고 영광스럽게 졸업 식장을 나섰다. 내 마음도 하늘을 나는 것 같았다.

"주님, 내가 약간의 지식을 얻었사오니
슬기롭게 사용하여
내가 사는 이 세상을
좀 더 나은 곳으로 만들
그런 길을 보여 주시옵소서
고뇌 많은 삶을
좀 더 뜻있게 살고자 원하오니
믿음과 용기를 베푸시어

나는 너를 원한다

나의 나날에 목적을 심으소서

가장 큰 열매를 맺도록

당신 섬길 길 보이시고

나의 모든 배움과 지식과 기술이

당신 뜻 행함을 배워

참열매 맺게 하소서

내 모든 일 행할 때

언제나 깨닫게 하소서

지식은 배움에서 비롯함이며

지혜는 당신께로부터 비롯되는 것임을 알게 하소서"

이제 무엇을 하오리까

1984년 10월 토담집 8평에서 시작된 대길교회는 새 성전을 건축한 후 탄탄대로를 달리고 있었다. 2000년 이후에는 결산도 1억 5000만 원이 넘어가고 있었다. 계산적으로 1년에 5000만 원 정도는 여유가 생기겠다는 생각이 들었다.

그때부터 나는 고민이 생기기 시작했다. 이제부터는 무엇을 해야 하나? 기도원을 하나 만들어 볼까도 생각했다. 그리고 무엇을 하든지 해낼 수 있다는 자신감도 생겼다. 그래서 '이제는 무엇을 하오리까?' 묻는 기도가 나도 모르게 나오고 있었다.

2001년 봄 어느 날 협성대학을 졸업하고 좋은교회에서 한영제 목사님을 돕고 있다는 K 전도사가 찾아왔다. 대뜸 좋은교회를 인수할 생각이 없느냐고 하면서 좋은교회가 인수자를 찾고 있다는 것이었다.

좋은교회가 석관리에 교회 부지를 마련하고 새 성전을 건축 중에 있으며 이전 계획이 있다는 것은 알고 있었다. 좋은교회는 지하에 500석 이상으로 된 대성전과 지상 4층 구조로 된 연건평 430평 되는 건물로써 건축 잡지에서 소개할 정도로 이상적이고 아름답게 디자인되어 지어졌고 우리 지방 교회에서 대표적인 교회로 지방 연합성회를 할 때마다 좋은교회에서 모였기에 나는 좋은교회가 선망의 대상이 되고 있었다.

K 전도사의 말을 들을 때는 대수롭지 않게 들었으나 그가 떠나고 난 후 마음이 끌리고 욕심도 생겼다. 내가 뭔가를 하고 싶어 하는 그때에 어떻게 나를 찾아 왔을까 하는 의아심과 하나님의 인도하심인지도 모른다는 생각이 교차했다.

많은 생각을 하던 끝에 한영제 목사님을 찾아뵈었더니 석판리에 새 성전을 짓고 있으나 현 성전도 너무 아까워서 팔려는 생각이 없었으나 진행되는 건축에 자금이 투입되어야 해서 생각을 바꾸게 되었다고 하셨다.

우리가 인수하려는 생각이 있기는 하지만 결정될 때까지는 시간이 좀 걸려야 할 것 같으니 그때까지 기다려 달라고 하니 한 목사님도 충분히 생각하고 결정하라고 하시며 우리가 준비해야 할 금액을 말씀하셨다.

재단법인에 편입이 되어 있어 관리자만 바꾸는 것이지만 관리자가 되면 감리교 재산을 우리가 필요한 대로 재산 시가만큼을 이용할 수 있었던 것이다.

사실 좋은교회 인수에 대해 솔깃해하는 것은 청주 시내에서 들어오는 몇 가정을 기반으로 교회를 설립할 수도 있겠다는 생각이 있었기 때문이기도 하였다.

나의 욕심은 불같이 일어나지만 하나님의 인도 없이는 아무것도 결정해서는 안 된다고 다짐했다. 그래서 우리가 좋은교회를 인수하는 것이 하나님이 허락하시는 일이라면 세 가지 방법으로 인도해 달라고 기도했다.

① 온 교우가 만장일치로 찬성할 것, ② 계약금 8000만 정도가 지성전 헌금으로 들어올 것, ③ 감정가의 60%가 대출이 가능할 것. 세 번째 조건인 담보대출 60%는 한 목사님을 통하여 들은 바가 있어 담보대출을 이용하려고 알아보았는데 대출이 안 된다 했다고 한다.

하나님의 인도하심의 증거라고 제시했지만 사실은 실현되기가 쉽지 않은 것들이고 또한 그 세 가지 조건이 안 되면 다른 방법으로는 진행할 수도 없는 사항들이었다.

나는 그동안 진행됐던 사항들과 지성전 계획을 교회에서 발표하며 만약 계획대로 진행된다면 얼마 동안 지성전으로서 주일예배는 본성전, 낮예배는 9시 청주에서는 11시와 오후 2시 드리고 저녁예배는 기존 그대로 하고 새벽예배와 수요예배만 수련목 전도사님 인도하시게 될 것이며 아마 농촌 교회가 도시 지성전을 두는 최초 교회가 될 것이라고 하며 결국은 도시에 교회를 세우게 되는 큰일을 하게 된다고 설명했다.

청주에서 승용차로 30분 거리이고 수련목이 수요예배와 새벽기도회만 인도해 주면 1부, 2부 예배를 드리며 양쪽에서 설교를 하며 양대 성전을 이끌 수 있으리라고 여겨졌다.

우선 제직회에서 무기명 투표를 하였다. 반대가 한 표도 나오지 않았고 첫 번째 지성전 헌금을 했는데 1억 가까이 되었다.

담보대출도 감정가 60%가 가능하다고 서울동부농협에서 연락이 왔다.

급물살을 타고 진행되어 2002년 3월 1일에 청주 성전에 입성하고 양
대 성전 시대를 갖게 되었다.

그러나 '이제 무엇을 하오리까?'의 나의 물음기도는 그 후에도 계속
되어야 했다.

좌충우돌, 여기에 왜 왔나!

좋은교회 성전을 인수 후에 교회 이름을 한무리교회로 바꾸었다. 한무리교회 대길 성전, 청주 성전으로 불리게 되었다.

우리는 2002년 3월 1일에 좋은교회 3층 목사관으로 이사를 하게 되었다. 3월 3일 입당예배를 드릴 때 비로소 그 좋은교회 강단에 서게 되었다. 언제가 연합성회를 할 때 나는 저 강단에 언제 서 볼까 하며 부러워했던 적이 있었다.

우리 교회 교인 대부분과 청주 지방 교역자들과 내가 알고 있는 지인들까지 입당예배에 참석하고 축하해 주었다. 성대하게 입당예배까지 드리고 대단한 두 개의 성전을 갖게 되었는데 성취감이 아니라 적막감이 나를 덮치고 있었다.

아내도 입당예배를 드린 후, 무인도에 온 것 같다고 하면서 그 후에 사람 만나기 싫어하며 만사가 귀찮다고 하는 등 우울 증세를 보였지만 기도하던 중, 목회는 사람이 하는 것이 아닌 하나님이 하시는 것이란 성령님의 음성을 들었다며 다시 기력을 회복하고 있었다.

후에 알게 된 일이지만 내 영과 아내의 영이 앞으로 일어날 일을 직감했기에 그러한 증상이 있었던 것이다. 왜냐하면 청주 성전 입당이 무난히 이루어졌고 대길의 온 교회의 전폭적이 지원을 받을 뿐 아니라 청주에 있는 든든한 기초 멤버도 20여 명이 있는 상황인데 적막감과 외로움 등을 느낀다는 것은 당시의 현 상황이 반영된 것이라기보다 미래 상황을 감지한 증상이라고 볼 수 있었던 것이다.

몇 백 석 되는 예배당에 30명, 40명이 앉아 있으니 빈자리가 더 보여 적적함이 느껴지고 빨리 자리를 채워야 한다는 성급한 생각도 들었다.

빈자리가 너무 많아 실망이 되는 것은 나의 잘못된 생각 때문이었다. 좋은교회를 처음 소개했던 K 전도사의 말 중에 좋은교회가 새 성전을 짓고 떠나더라도 수십 명 정도는 남게 될 거라고 하는 말을 액면 그대로는 믿지는 않았지만 어느 정도는 기대를 가졌던 것이 사실이었다. 그러나 그것은 헛된 기대였다는 것을 금방 알게 되었다.

성전이 쾌적하고 잘 알려진 예배당이라서 저절로 사람들이 몰려올 거라는 생각도 잘못된 생각이었다.

좋은교회일 때와 달라지지 않게 하려고 성전 물품 그대로를 인수하려고 했으나 한 목사님은 우리가 경제적으로 힘들 것 같기도 하고 작은 교회가 처음부터 전자 오르간까지 구비할 필요가 없을 것 같다면서 전자 오르간은 가지고 가신다 하셨다.

나는 서둘러 2000만 원짜리 새 전자 오르간까지 구비하고 있을 정도로 새 교인을 맞을 준비를 했는데 기대만큼 채워지지 않아 내 마음이 다급하고 속상하고 유쾌하지가 않았다.

한 달에 10여 명까지 등록되기도 했지만 유입되는 성도가 꽤 있어 보이다가도 어느 날 보면 우르르 다시 나가는 일이 반복되었다.

신천지에서 교인을 가장하고 들어와서 흙탕물을 일으키고 나가는 경우도 있고 어떤 물건을 팔려는 목적으로 등록하는 사람도 있었다.

대길교회에서는 느끼지 못했던 목회가 전쟁을 하고 있다는 생각이 들 정도로 하루하루가 치열했다. 여기는 내가 올 자리가 아니었다는 것이 확인되기 시작했다.

이런 중에 나는 여기에 내가 왜 왔나를 스스로에게 물으며 '내가 무엇을 하여야 하나요?' 묻는 기도를 하고 있었다.

지금 생각하면 한 사람에게라도 생명의 복음을 전할 수 있다는 자체만으로도 기뻐해야 했는데도 얼마나 모였느냐의 숫자에 따라 기분이 달라지고 있었던 것이다.

내 얼굴은 늘 초조와 긴장 속에서 웃음을 잃고 살아가고 있었다.

어느 날 신학대에 다니는 아들에게서 생일 축하 이메일 편지가 와서 열어 보니 사명자로서 변질된 나의 모습을 지적하고 있었다. 나귀의 입을 통해서도 말씀하시는 하나님이 아들을 통해 말씀하셨던 것이다.

그 후로 나를 일으키시는 하나님의 말씀도 받게 되었다.

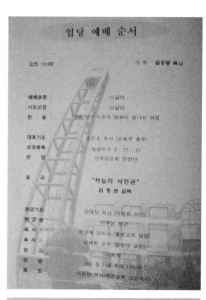

아들의 이메일 편지

아들입니다…

보낸 사람 누군가….
<igole@hanmail.net>
07.03.15 (목) 00:31

학교 다니며 여자 후배들이나 동기들이 그럽니다.
생긴 건 안 그런데 디게 무뚝뚝하다고…….
아빠 닮아서 그렇습니다.

대학교 들어와서 친구들이 붙여 준 별명 있습니다. '어리버리'….
아빠 닮아서 그렇습니다.
저는 아무렇지도 않게 행동했는데 그 모습을 보며 주위 사람들은 막
웃기다고 웃습니다.

가만 생각해 보면 아빠가 꼭 그럽니다.

아빠 닮아서 그렇습니다.

가끔씩 제가 하고 있는 모습을 보면 저도 문득 놀라곤 합니다.

집에서 아빠의 모습하고 참 똑같습니다.

누가 뭐래도 전 아빠 아들입니다.

아빠의 모습이 곧 나고 내 모습이 곧 아빠입니다.

아빠가 어떻게 행동하느냐에 따라 내가 판단되고 내가 어떻게 행동
하느냐에 따라 아빠가 판단되니….

참 부자지간으로 한집에 산다는 게 가만 보면 무섭기도 하고 굉장히
신기하기도 합니다.

김동식이가 내 아들이야 하고 아빠가 그렇게 자랑스럽게 말씀하실
수 있도록 그렇게 살고 싶어요….

훗날에 꼭 그렇게 되도록 저 열심히 살 거예요….

근데 저두 아빠를 그렇게 말하고 싶어요…. 저 사람이 우리 아빠야!!
하고 자랑스럽게 아빠를 말하고 싶어요….

제가 김홍봉 목사 아들입니다…. 제가 김홍봉 목사님이랑 같이 살면
서 그의 모습 보고 배웠습니다….

그렇게 아빠를 간증하고 싶어요….

지금껏 근 30년 살면서 아빠를 딱 한 번 자랑스럽게 느꼈었던 것 같아요….

중학교 때로 기억하는데….

대길 예배당에서 저는 성가대석에 앉아 있고 예배가 시작될 즈음 아빠가 검은색 목사 가운을 입고 옆에 성경책을 끼시고 강단으로 걸어 나가시는데 그 모습이 참 멋있게 느껴지더라고요….

그때 아빠가 참 자랑스러웠어요…. 참 멋있었어요….

저 아빠가 박사 학위 받은 것 자랑스럽게 느껴지지 않았어요….

아빠가 신학교 교수 한다고 하는데도 자랑스럽게 느껴지지 않았어요….

어느 교회 강사로 집회 인도하셨다는데도 자랑스럽게 느껴지지 않더라구요….

근데 그때는 아빠가 참 멋있었어요….

그냥 특별할 것 없이 아빠가 묵묵히 강단으로 올라가시는 그 모습이 멋있었어요….

옛날에 아빠가 아빠는 바람도 이기고 차도 이긴다고 했을 때 전 진짜 줄 알고 아빠가 대단하구나 생각했었어요….

근데 지금 보고 있는 아빠는 맨날 힘겨워하시고 한숨만 쉬시구 낙심

나는 너를 원한다

만 하고 계세요…. 자식이 부모를 존경하는 것만큼 부모에게 큰 영광이 없다는데…. 전 이렇게 맨날 패배 의식에 붙잡혀 힘겨워 하시는 아빠 모습을 존경할 수가 없네요….

그나마 일주일에 한 번 등산 다니시는 게 유일한 낙이라고 말씀하시는 아빠가 싫어요….
하루 종일 왼종일 맨날맨날 모니터 앞에만 앉아 계신 아빠가 싫어요….

그때 강단에 오르시던 자랑스런 아빠는 그 순간 아빠가 멀 하고 계셨기에 제가 그렇게 느낀 것이 아니었어요….

그 강단에 오르시기까지 열심히 설교 준비하시고 교회 지으신다고 열심히 옷 팔러 다니시고 하시던… 그 모습들….

저는 아빠가 평생 티비는 뉴스하고 동물 나오는 거만 보실 줄 알았어요…. 그렇게 그때의 아빠는 일하시는 모습으로 제 기억에 남아 있어요….

그렇게 아빠를 느꼈던 저의 생각들이 모아져 강단에 오르시는 아빠의 모습을 멋있게 보이도록 한 거 같아요….

전 아빠가 교회 개척하시고 사람도 별로 없는 데서 목회하고 계시다는 사실이 하나도 부끄럽지 않아요….

근데 사람 없다고 낙심만 하고 앉아 계신 아빠는 별로 다른 사람들에게 말하고 싶지 않네요…. 제가 느끼기에 아빠는 지금 그래요….

아빠!!
아빠를 위해 기도할 때마다 하나님이 그런 맘을 주세요….
그 젊은 나이에 아무것도 모르면서 하나님 일한다고 고생고생하며 한평생 살아 온 아빠의 인생을 우리 하나님이 얼마나 얼마나 귀하게 여기실까….

아무 경험도 없어 이런저런 시행착오 하며 당했을 아빠의 아픔들을 우리 하나님이 얼마나 얼마나 소중하게 여기실까….

이런 생각이 들 때마다 아빠가 불쌍해서 눈물 나는 게 아니라 아빠의 모습이 너무 귀해서 감격해서 울어요….

이제 좀 고만 아파하세요….
남은 아빠 목회 인생이 이제껏 한평생 목회하셨던 그 어떤 시간보다 최고의 은혜롭고 감격스런 순간들이 될 수 있었으면 좋겠어요….

힘을 내세요… 힘을 내세요… 주님이 나와 함께함을 믿는다면….

그리고 몸 좀 챙기세요… 아빠 때문만이 아니라 아빠 아프면 엄마랑

제가 힘들어요… 아빠 우리 열심히 살아요….

저도 열심히 살게요….

생신 축하드려요…!!!!

아들의 편지는 내가 감리사가 되어 교역자 회의 예배에서 나의 못남을 간증하기 위해 설교하면서 인용하며 읽어 주었다.

좋은교회 김종훈 목사님이 내용을 달라 하셔서 드렸더니 감리사님이 되신 후 2020년 서지방 지방회 예배 설교 시 다시 인용하시며 읽어 주었다.

모든 목회자가 나와 같은 과오에 빠질 수 있음을 지적하실 수 있는 감리사님의 혜안이 놀라웠다. 감리사님의 설교를 들은 어느 목사님은 나에게 전화를 하셔서 오늘 감리사님 설교에 큰 은혜가 되었다고 하셔서 그건 나한테 할 말이 아니고 감리사님에게 하실 말씀이라고 했다.

"나는 너를 더 원한다"

우리가 인수한 성전 건물을 좋은교회에서 사용할 때는 확실히는 모르지만 재적 교인 1천 명이 넘었고 1층에서는 좋은 유치원을 운영하셨다. 그래서 4층 각층별로 풀가동하여 사용했는데 우리는 1층을 어린이집으로 사용할 뿐 사용하지 않는 공간이 생기게 되고 성전도 빈자리가 많아 헐렁했고 건물도 사용하지 않는 공간이 많아 헐렁했다.

나는 건물에 맞는 교회를 만들어야 한다는 생각에 우선은 빈 공간을 활용하는 차원에서 작은도서관과 공부방을 유치했고, 1주일에 한 번은 근방의 어르신들에게 무료 급식 점심을 대접해 드리는 일도 하고 있었다.

빈자리를 채우기 위해 교회를 부흥시키기 위해서는 무언가를 해야 한다고 생각했고 나는 그것을 정신없이 찾고 있었다. 그래서 '하나님 내가 무엇을 해야 합니까? 나를 이곳으로 인도하신 뜻이 있으니 그 뜻대로 인도해 달라.'는 기도를 드리고 있었다.

분명한 하나님의 응답으로 허락하심으로 이곳에 왔는데 내가 느끼는 것은 앞이 보이질 않는다는 것이었다. 나는 그때 언더우드 선교사가 일기장에 써 놓은 기도문이 생각나서 몇 번을 읽으며 공감했다.

"오 주여, 지금은 아무것도 보이지 않습니다. 주님, 메마르고 가난한 땅, 나무 한 그루 시원하게 자라 오르지 못하고 있는 땅에 저희들을 옮겨 와 앉히셨습니다. 그 넓고 넓은 태평양을 어떻게 건너왔는지 그 사실이 기적입니다. 주께서 붙잡아 똑 떨어뜨려 놓으신 듯한 이곳, 그러나 지금은 아무것도 보이지 않습니다. 보이는 것은 고집스럽게 얼룩진 어둠뿐입니다."

내가 원하는 대로 이루어지지 않는 것에 대해서 여기는 내가 올 자리가 아닌데 왜 하나님이 허락하신 것일까. 하나님도 실수하신 것일까? 이런 의문에 휩싸이곤 했다.

나의 이러한 의문은 헨리 나우웬의 『탕자의 귀향』이라는 책을 읽으면서 산산이 부서지며 정신이 번쩍 들었다.

나는 설교를 듣는 것보다 설교를 하는 사람이었기에 어떤 책을 읽으므로 하나님의 음성을 듣게 되는 경우가 많았다.

저자는 예일과 하버드 대학에 존경받는 교수의 자리에서 1986년 8월, 하버드 대학에 교수직을 사표를 내고 교외에 있는 장애인 공동체인 데잇브레이크 커뮤니티라는 장애인 몇 사람이 살고 있는 집에 사목 역할을 하기 위해서 그곳으로 떠나가면서 자기가 탕자였다고 고백하는 것을 보게 된다.

허영을 찾아서, 욕망을 찾아서 그리고, 사람들의 인정을 찾아서 저 먼 나라로 떠나갔던 자기는 탕자였다. 그리고 자기는 외로웠다고, 자기는 방황하고 있었다고 자기의 자아는 춥고 어두운 밤을 지나가고 있었다는 대목을 읽으며 정신이 번쩍 들고 있었다.

나의 이야기를 대신 말해 주는 것 같았기 때문이었다.

내가 청주에 지성전을 세우고 대교회를 이루려 하는 것은 하나님의 일을 빙자한 내 욕망, 허영, 사람들의 인정을 위해서라고 양심이 고발하고 있었던 것이다.

그리고 언젠가 탕자 비유를 설교하면서 인용했던 대목이 떠올랐다.

평소에도 불량한 아들이 자기에게 돌아올 분깃(유산)을 달라 했을 때 달라는 재산을 주면 분명 탕진할 것을 알면서도 선뜻 그가 달라는 대로 내어준 것은 돈보다 아들이 더 중요하기 때문이었다고 하는 나의 설교 속에서 하나님은 나에게 말씀하고 계셨던 것을 그제야 듣게 되었던 것이다.

나는 도둑질을 하려다 들킨 사람 모양으로 엉거주춤 하고 있었다. 그 후로 '내가 무엇을 하여야 합니까?' 하는 기도는 더 이상 할 필요가 없게 되었다. "하나님은 나에게 나는 네가 무엇을 하는 것보다 너를 더 원한다."라고 내 마음속에서 말씀하고 계셨기 때문이다.

나는 교회와 나의 미래를 만들고자 할 때에 하나님은 나를 만들고 계셨던 것이다.

"나는 너를 더 원한다."는 말씀의 뜻은 그 당시에도 내 의구심에 대한 응답이었지만 그 후로 전개되는 일들을 통해서 그 의미가 더욱 확실해졌다.

나는 무엇을 하는 것에(doing) 관심을 갖고 있었지만 하나님은 무엇이 되는 것에(being) 관심이 있다는 사실을 알게 된 것은 나와 현실과 정체성에 대한 위대한 발견이었다.

대길교회를 사직하다
(청주 성전 분리)

청주 지성전(청주 한무리교회)가 시작되고 3년이 되어 가는 가을 어느 목요일 저녁 10시 가까이 됐는데 김 권사로부터 전화가 왔다.

찾아뵙고 드릴 말씀이 있다고 하면서 자신만 가는 것이 아니라 여럿이 모여 10명이 넘을 것 같다고 하면서 같이 가려 하다 보니 늦어져서 이제야 간다고 하였다.

그가 말한 대로 열 명이 넘는 사람들이 들어오는 것을 보니 표정이 예전 같지가 않았다.

둘러앉아 잠시 침묵이 흐른 다음 당시 처음 전화했던 가장 젊은 남자 권사가 입을 열었다. 어제 저녁에 당회로 모여 대길교회를 독립하고 다른 목회자를 모시기로 결의하였다는 것이었다.

그러면서 후임자는 자기들이 알아서 할 테니 목사님은 이제 관여치 말라고 하면서 시작은 마음대로 하였지만 그만두시는 것은 마음대로 안 될 것이란 말도 덧붙였다.

함께 온 사람들도 뭐라 말을 하고 있지만 더 이상 귀에 그들의 말이 들어오지도 않고 넋이 나간 사람처럼 아무 말 없이 듣고만 있으니 더 이상 할 말이 없었는지 일어나 가려고 하는 사람들을 앉히며 기도하고 끝내자고 하고 기도한 후 나는 그 자리에 앉아 기도하던 자세를 유지하고 있는 동안 그들은 떠나가고 있었다.

그 후에 들려오는 소식에 의하면 수요예배 후 전도사 수련목에 의해서 당회가 열리고 본 안건에 대한 서명서를 작성하기까지 했다고 한다. 그중에 몇 명은 소리를 높이며 이럴 수 없다고 울음을 터뜨리기까지 했다고 한다.

주일은 1부와 2부예배로 청주와 대길에서 내가 인도할 수 있었으나 새벽예배와 수요예배는 나는 청주에서 인도하였기에 대길성전은 전도사에게 맡겼던 것이다. 이튿날 전도사가 출근하여 죽을죄를 죄었다고 하였으나 그 당시 감리교법에 부담임이나 수련목은 담임자로 바로 들어갈 수 없는 법이 있는 것을 알고 있었으나 말하고 싶지 않아 아무 말 없어 그를 보냈다.

사실 시작할 때부터 지성전을 전환하여 청주 지교회를 목적으로 하고 있었기에 대길교회와 분리할 것을 염두하고 있던 터라 당황스러운 일은 아닌데 절차와 방법이 잘못된 거 같아 충격에 휩싸이게 되었다.

이 일 후에 나는 우울 증세가 왔고 그때부터 산행을 시작하는 계기가 되었다.

나는 모든 것을 내려놓자고 마음으로 결정하고 있을 때에 감리사로부터 전화가 왔다. 그들의 결의서와 서명서를 접수받았고 담임자를 수련목 전도사로 해 달라는 건의서도 받았다고 했다. 그리고 이 문제를 다루기 위해 지방실행부 회의를 소집할 거라고 하셨다.

나는 지방실행부에서 결정하는 대로 따르겠다고 하였다.

나는 그다음 주일 마지막 설교를 끝으로 대길교회 19년 사역을 끝맺게 되었다.

후에 알게 되었지만 지방실행부 회의가 열렸을 때에 실행위원 중 한 사람이었던 한영제 목사님은 절차적 적법성에 심각한 문제가 있기에 이 문제를 원점으로 돌려 담임자였던 나에 의해 처리되도록 해야 한다고 강력하게 주장하셨고 그 주장대로 결정되어 후임자를 내가 결정을 하는 것으로 최종 결정이 났다.

그때 오봉균 목사님에게서 전화가 왔고 나는 그 목사님을 감리사에게 후임자로 통과되기를 건의하여 결국 그가 담임자로 부임하게 되었다.

그러나 나의 사임을 둘러싸고 대길교회는 찬성파와 반대파로 갈라지게 되었다. 얼마 동안은 예배도 1층과 2층에서 따로 드렸고 후임자도 금방은 들어갈 수가 없었다. 나의 부덕의 소치로 교회가 갈라진 것에 가슴을 찢는 통증을 느끼며 기도해야만 했다.

어느 날 새벽 기도를 하다 잠간 조는 사이에 물통의 얼은 물이 토막토막 깨어지고 녹아 가는 것을 보게 되었다.

그 후 담임목사님도 부임하고 교회가 화합되고 다시 하나가 됐다는 소식도 듣게 되었다.

지방회에서는 분리 개척으로 처리되었기에 2005년 1월 1일부로 청주 한무리교회의 창립일이 되었다. 그러나 대길과 청주의 분리 후에도 악영향은 계속되었다.

청주 성전 초기 시작 멤버였던 사람 중에는 이사 등으로 떠나기도

하였지만 이유를 알 수 없이 교회를 떠나는 자도 있었기에 마음이 몹시 힘들었다. 이런 일이 일어날 것을 대비하여 하나님은 나에게 말씀을 미리 주셨던 것이었다.

그리고 얼마 전 아내가 들려주었던 꿈 이야기가 생각이 났다.

내 자가용 겔로퍼를 타고 언덕길을 오르다가 차가 굴러떨어져 수풀 속으로 들어갔는데 나는 차 안에서 멀쩡하게 걸어 나오는 것을 보니 몸에 다친 데도 없고 아무 일도 없더라고 했다.

에벤에셀의 하나님
(창립 19주년 설교)

성경 본문 사무엘상 7장 12절

몇 년 전에 중국 선교 여행을 할 때였습니다. 하루에 버스를 16시간까지 타면서 이동을 할 때도 있었습니다. 우리가 탄 전세 버스가 비포장도로를 달리기 시작했습니다. 한참을 달리다 보니 진흙이 질벅질벅한 길 위에 차바퀴가 빠지면서 지나간 자욱이 있는 길에 이르게 되었습니다. 만약 거기에 차가 빠지면 오도 가도 못 하는 곳이었습니다. 우리는 차가 빠지지 않고 무사히 그 험난한 길을 통과해 주기를 조마조마하며 기다렸습니다.

몇 번 위기의 순간들을 요란한 엔진 소리와 함께 지나가고 있었습니다. 드디어 곡예 운전을 마치게 되었고 타고 있는 우리들은 약속이나 했다는 듯이 우레와 같은 박수를 치기 시작했습니다.

이 시간 19주년을 맞이하여 우리 교회를 세우시고 지금까지 인도하신 그분 하나님 앞에 박수를 보내 드리고 싶고 또 이 교회를 통하여 헌신해 오신 이 교회를 통하여 눈물로 땀으로 피 흘림으로 수고해 주신 많은 한무리 가족들에게 박수를 보내고 싶은 심정입니다.

우리 교회는 지난 19년 동안 마치 진흙길을 푹푹 빠지듯이 하면서 온 것이 사실입니다.

조그만 농촌 교회에서 10배도 넘게 확장을 하여 청주 시내 성전을 구입하였기에 경제적으로도 대길성전만 있을 때보다 몇 배는 더 필요해야 되었고 일꾼도 더 필요해야 되었고 많은 신경도 더 써야만 되었습니다.

우리 교회는 1984년 10월 3일 작골 입구 토담집에서 개척을 시작하여 작년 3월 1일에는 청주 성전을 매입하여, 확장하게 되었습니다. 그동안 수많은 역경과 고난의 전투를 했으나 에벤에셀 하나님께서 여기까지 도와주심으로 오늘 현재에 이르게 되었습니다. 우리는 지나온 19년 그리고 지난 1년의 세월을 되돌아보며 왜 하나님께서 여기까지 도우셨는지 그 발자취를 생각해 볼 필요가 있습니다.

우리의 일상용어 가운데 위기일발(危機一髮)이라는 말이 있습니다. 위태로운 순간순간을 뜻합니다. 그러나 하나님께서 우리를 도우셔서 아무런 일이 없었던 것처럼 이처럼 건재할 수 있었습니다. 이러한 하나님을 본문은 에벤에셀 하나님으로 소개하고 있습니다. 사실 하나님께서 우리 한 사람 한 사람을 도와주셔서 여기까지 오게 되었습니다.

이스라엘 역사에서 블레셋을 위해 괴롭힘을 받을 때가 있었습니다.

우리의 속담에 "폭풍이 지난 뒤 맑은 날씨." 또는 "쥐구멍에도 볕 들 날 있다."가 있습니다. 이러한 속담처럼 이스라엘 민족에게도 웃음의 함박꽃이 활짝 피게 된 때도 있었습니다. 10절 말씀을 보면 하나님께서 우레를 발해 적군인 블레셋 용장들을 혼비백산(魂飛魄散)하게 만

들어서 승리가 이스라엘에게 돌아오게 한 내용이 있습니다. 이 승리를 기념하기 위해서 돌로 비를 세우고 '에벤에셀'이라고 했는데 '하나님이 여기까지 우리를 도우셨다.'는 뜻으로 이름을 붙였습니다.

우리가 믿고 있는 하나님은 에벤에셀 하나님이십니다

한무리교회의 19년의 뒤안길을 돌아볼 때에 빠르거나 쉬운 길이 아니었음을 분명히 말씀 드리고 싶습니다.

19년 걸려서 이만큼 성장한 것은 결코 빠른 성장이라고는 할 수 없습니다. 물론 19년이 지났는데 우리보다 못한 교회도 많이 있습니다만 우리 주위에는 급성장한 교회들도 많이 있습니다. 저는 늘 우리 교회가 더 성장해야 된다는 노파심을 가지고 19년을 하루같이 살아왔습니다. 그러나 교회에 대한 저의 마음을 시원스럽게 풀어 준 때는 그다지 많지 않았습니다.

제 마음은 늘 급한데 하나님은 늘 느린 것 같고 늘 태평하신 것만 같은 생각이 들었습니다.

늘 메마르게 자라나고 결코 쉽게 되는 일이 없었습니다. 한바탕 애를 먹여 놓고 우여곡절 끝에 간신히 간신히 어렵게 어렵게 되어지곤 했습니다.

그리고 수없는 고비와 위기가 있었습니다.

이것들을 일일이 다 말할 수 없기에 초창기에 있었던 몇 가지만 말씀드리겠습니다.

84년 10월 길가에 버려진 주막집이었던 곳에 부엌 겸 헛간을 판판하게 하고 비닐을 깔고 예배를 드리기 시작했습니다. 그래도 십자가를 걸고 예배를 드릴 수 있는 처소가 있는 것만으로도 감사했고 행복했습니다.

1년이 지나자 겨울이었는데 집주인이 한 달 후에 집을 비워 달라는 것이었습니다. 어리숙해서 그때는 몰랐으나 나중에 알고 보니 그 집을 비싸게 팔아먹을 속셈으로 그렇게 하였습니다.

그래서 길거리에 나앉을 처지에 있게 되었습니다. 목사는 교회가 위기에 처할 때 생명 걸고 교회를 지켜야 하는 존재입니다. 교회가 위기를 당할 때 목사는 외로워 되씹으며 밤잠을 설쳐야 합니다.

한 교회의 목회자로 책임을 져야 되고. 가장으로 책임을 져야 되기에 저 나름대로 역량을 발휘해서 위기를 극복하려고 한 일이 이장님을 찾아가서 지금 박성덕 집사님 밭에 있는 비어 있는 돼지우리를 빌려 달라고 애걸을 했습니다. 이장님에게 허락을 받긴 했는데. 동네에서 들려오는 소리가 교회가 돼지우릿간으로 들어가면 자기는 안 다닌다는 말을 했다고 해서 또다시 놀란 토끼가 되었습니다.

그 일은 결국 해프닝으로 끝나고 우리는 거기서 예배 계속 드리다가 지금의 교회의 부지를 사게 되었습니다. 그런데 왜 그렇게 계약이 성사가 안 되는지 결국 세 번을 해약당하고 나서 처음에 5000원에 팔기로 한 것이 1만 원을 주고서야 계약이 성립이 되었습니다.

그렇게 해서 계약을 땅값은 제가 서울에서 살던 방값을 뺀 170만 원과 대출 100만 원과 나머지 30만 원을 교회에서 만들었는데 더 이상

할 수 없어서 100평을 다시 팔아야 하는 수모를 겪기도 했습니다. 지금은 주변머리도 어지간히 없었다고 말할지 모르지만 그때는 어쩔 수가 없었습니다.

이렇게 얻은 땅에 교회를 건축하는 일은 엄두도 낼 수가 없었습니다. 그런데 어느 청년이 250만 원만 준비하면 조립식으로 30평 예배당을 외상으로 지어 준다기에 250만 원 돈을 얻어다 주었더니 그것을 받아 가지고 멀리 도망가 버리고 말았습니다.

그래서 교회도 못 짓고 빚더미 위에 있을 생각으로 밤잠을 못 자며 기도했는데 하나님의 은혜의 역사로 회사에서 그 계약대로 교회를 지어 주었던 것입니다.

이렇게 결국 되긴 하는데 승리는 하는 데 일이 술술 풀리지를 않고 뜸을 많이 들인 후에야 되었습니다. 이 같은 패턴은 지금까지도 계속되고 있습니다. 그래서 저는 지금 청주 성전 개척교회를 하면서 그때를 생각하면서 다시 힘을 얻곤 합니다.

안 되는 것 같지만 결국은 될 것이라는 것을 저는 지나간 일들을 통해서 알고 있습니다. 저는 왜 그래야 하는지 그때는 이해할 수가 없었습니다. 나는 박복하다고만 생각했습니다.

마치 이스라엘 백성들이 한 달이면 갈 수 있는 길인데 이 길 대신 홍해 남쪽 광야 길로 돌려서 40년을 방황해야 했던 것이. 오늘 우리의 사고방식으로는 도무지 이해가 안 되는 것과 같은 이치인 것입니다. 왜 그렇게 하셨습니까? 그 대답은 그들을 의의 길로 인도하시고자 한 것입니다. 이런 과정을 통해서 자기의 백성이 의로운 백성으로 훈련되는 것을 보고 싶어 하신 것 때문이라고 할 수 있습니다. 하나님은 빨리 되는 것보다 의롭게 되는 것을 더 원하셨던 것입니다. 이것이 역설적으로 하나님의 사랑이었다는 것을 생각할 때에 감사할 뿐입니다.

이런저런 방법으로 우리의 필요를 채워 주셨던 하나님, 에벤에셀의 하나님!

그래서 로마서 8장 32절에 "우리가 알거니와 하나님을 사랑하는 자들에게는 모든 것이 합력하여 선을 이루느니라"고 했습니다. 에벤에셀 하나님은 두려움 가운데 있는 이스라엘을 도와주셨고 우리도 도와주시어 한 해를 살게 하신 줄 믿습니다.

새로운 시작과 복지목회 전환

청주 한무리교회는 대길과 분리 후 다양한 사회 서비스 프로그램을 도입하고 복지목회로 전환을 시도했다.

새로운 시작과 더불어 '다윗이 아둘람굴에서 환난당한 자 빚진 자 마음이 원통한 자(삼상 22:2)' 소외계층의 다양한 사람들을 만났던 것처럼 소외되고 상처 입고 갈 곳 없는 다양한 사람들을 만날 수 있었다.

빈 공간을 활용함과 지역 사회에 봉사하고 전도의 접촉점을 찾고자 함이었지만 나중에는 경제적 부족함도 채우게 되는 효과도 얻게 되었다.

1층에는 임대를 주어 어린이집으로 사용하고 있었고 3층에는 사택으로 쓰는 목사관과 내 사무실과 중강당이 있었는데 그 중강당을 작은 도서관으로 꾸미고 2층 일부를 공부방으로 꾸미고 한무리쉼터로 신고하게 되었는데 이것이 우리 교회가 처음 만들어 낸 사회 서비스 신고기관이 되었다.

서적 구입비도 지자체로부터 지원받아 제법 작은도서관으로서 면모를 갖추게 되었다. 2006년 노무현 대통령 시절 복지 정책의 확장으로 지역아동센터 제도가 생기고 정식 아동복지 기관으로 자리매김하였다.

정부에서는 아동센터설립을 권장하기 위해서 유예 기간을 두고 사회복지사 자격이 없어도 교회가 운영하는 시설에 목회자에게 시설장 자격을 주어 운영하게 하였다(현재는 사회복지2급 자격자로 아동복지 기관에 3년 이상 경력이 있어야 함). 우리는 이미 작은도서관과 공부방을 운영하고 있었기에 청주에서 몇째 안 가는 최초 아동센터를 신고 설립하게 되었다.

1년 동안은 급식비 지원은 받을 수 있었으나 1년간 운영비는 자체 조달해야 하는 상황이었다.

가장 문제가 되는 것은 아동센터에 투입할 인력을 채용하는 것이었다.

나는 내가 강의하는 선교원 신학교에 주일학교를 담당하면서 아동센터에서 시간제로 일할 사람을 추천해 달라고 요청을 했는데 얼마 후 소식을 들었다며 찾아온 사람이 있었다. 당시 사창순복음교회에 학생 때부터 나간다며 어머니는 아무개 권사라고 했다. 예전에는 학원도 운영했고 신학교를 졸업하고 주일학교 교사 강습회에 강사로도 다녀왔다고 자기를 소개했다. 그러면서 아동센터에 우선 교육기관다운 공간을 세팅하는 것이 필요하다며 200만 원 정도 비용을 요구하였다.

나는 그다음 주일 오후예배에 나온 그를 교육 파트 전도사로 소개하며 그가 요구하는 세팅 비용도 입금해 주었다. 그 후로 그는 전화도 안 받고 나타나지도 않았다. 그가 말하던 집 주소로 찾아가 그 어머니를 만나 보니 그가 말하던 교회에 나가시는 권사님은 맞았다.

아들 이야기를 꺼냈더니 또 무슨 일 저질렀느냐고 벌써 짐작을 하고 있는 듯했다. 교회에 안 나간 지도 오래됐고 지금 몇 번째 목사님들을 상대로 사기를 쳐서 뒷수습을 했고 다시는 안 그런다고 하며 한동안 아무 일 없었는데 엊그제(돈 입금한 날) 과일을 사 가지고 들어와서 수상했는데 또 일을 저질렀다고 하면서 땅이 꺼지게 한숨을 내쉬는 권사님을 보며 집을 나왔고 그것으로 그들과의 만남은 끝나고 말았다.

나는 사기를 당한 것도 마음 아프지만 일꾼을 구하는 것이 걱정이 되었다. 상한 심정으로 몇 날을 간절히 기도하고 있었는데 선교원신학교에서 알게 된 목사로부터 전화를 받게 되었다. 정 전도사라는 좋은 사람이 있어 소개한다며 살 집을 마련할 여력이 없는 사람이니 빈 공간이 많다고 들었으니 한 가족처럼 데리고 있겠느냐고 해서 생각해 보자고 하며 고민하고 있었는데 며칠 후 부부로 보이는 사람과 초등생과 미취학으로 보이는 아동 2명이 들어왔다.

김 목사님(전화로 부탁하신 분)이 가라고 해서 왔다고 하면서 이삿짐도 가지고 왔다고 하였다. 당황스럽기는 하지만 차분하고 믿음직스러워 보이기도 하였고 그럴 수밖에 없는 사정이 있는 거 같았다. 짐을 가지고 왔으니 짐을 우선 도서관에 올려놓고 천천히 짐을 정리하기로 하고 식당으로 쓰는 공간을 살림 거처지로 가장 적합할 것 같아 4층을 거처지로 살게 해 주었다.

나는 3층에서 살고 그들은 4층에서 살았다. 4층은 컨테이너 두 개를 합쳐 하나는 음식 만들고 설거지하는 곳이고 하나는 식당으로 꾸며 놓은 곳이었다. 많은 불편함이 있어 잠시 살 줄 알았는데 5년을 가족 같은 이웃으로 살게 되었다.

정 전도사와 그의 아내 이 전도사는 선교신학을 졸업하고 그동안 어느 교회 교육 전도사로 있었다고 했다. 집도 있었는데 팔아 교회의 건축 헌금으로 드렸다고 하는데 입이 무거워 속사정을 밝히지는 않았지만 갑작스런 환경의 변화를 맞아 어려움을 당하고 있는 것 같았다. 우선은 내가 보듬어야 하는 하나님이 나에게 보내 준 사람이라 생각됐다.

어쨌든 두 사람의 듬직한 일꾼이 항상 내 옆에 상주하고 있어 좋았고 무엇보다 두 명의 아이와 늘 함께할 수 있어 좋았다.

그들은 유난히 어린이를 좋아했고 아동센터는 이들의 천직 같았다.

나는 아동센터 운영을 정 전도사 부부에게 전폭적으로 맡길 수 있었다. 그리고 나의 권고와 추천으로 협성신학에 들어가게 되었다.

청주 한무리교회를 내덕동으로 옮기면서 지역아동센터를 근방으로 옮긴 후 정 전도사에게 대표도 인계했고 또 그 지하를 얻어 성하교회를 개척하여 목사 안수도 받게 했다. 아동센터에서 자라 학생이 되고 청년이 된 이들과 아동센터에 다니는 아이들과 아동센터 직원들과 더불어 공동체를 이루고 성장하고 있었는데 아쉽게도 그는 교회와 아내, 아들딸을 남기고 일찍이 세상을 떠났다.

다음은 그가 떠났을 때 페이스북에 올린 글이다.

오늘은 그를 떠나보내는 날(2018년 6월 11일)

"오늘은 정원하 목사가 세상을 떠나는 날
영혼은 이미 떠났으나 오늘은 그의 육신마저
정든 땅과 가족을 떠난다.

내게 홀연히 다가와 5년을 아래 위층에서 동거동락하고 10년을 그림자처럼 내 곁에 있어 주던 사람, 아이들을 무던히 좋아하여 내가 못다 하는 아이들을 섬기던 사람, 서둘지도 않고 앞서지도 않고 묵묵히 자기 자리를 지키던 사람, 소박한 품행과 민들레꽃 같은 미소를 머금었던 사람. 이제 그는 우리 곁에 있지 않고 당신 곁에 있나이다.

할일도 못다 하고 그만 바라보던 아내와 아직 돌보아야 하는 두 남매를 남겨 두고 그렇게 서둘러 떠나야 하는 이유를 알 수 없으나 확실한 것은 그가 사랑하던 당신을 얼굴과 얼굴을 맞댐같이 보며 진정한 기쁨을 누릴 것을 확신 확신합니다.

그가 돌보아야 했던 양들과 그의 아내와 두 남매를 당신의 손에 위탁합니다."

하나님이 운영하신 노인복지센터

2008년은 청주 한무리교회가 새 지평을 열고 탈바꿈을 시도했던 중요한 해였다. 2008년 7월부터 장기노인요양법이 신설되고 노인복지가 제도화되어 시설의 비용이나 재가서비스의 비용을 건강보험공단으로부터 국가의 지원을 받는 제도가 생기게 되었다. 그 당시 우리 교회는 지역 사회를 섬기는 차원에서 반찬을 만들어 주민센터의 추전을 받아 제공해 드리는 봉사를 하면서 주 1회는 점심으로 무료 급식을 하게 되었다. 자원봉사자 지원자도 생기고 어르신들 반응도 뜨거워서 식사 전 한 시간 전부터 어르신들이 오셔서 기다리는 경우가 많았다.

이때 신설 장기노인요양법에 따라 한소망 노인복지센터를 만들게 된 것은 우연 같은 하나님의 섭리와 필연이었다.

그때 임대를 주었던 어린이집이 만기도 도래했고 노유자시설로 용도가 되어 있어 노인복지센터는 우리 교회한테 적격이었다.

나중에 한 말인데 노인복지 제도화와 장기노인요양법은 우리 교회를 위해서 생겼다고 누군가에게 말했던 적도 있었다.

그래서 나와 아내는 요양보호사 자격을 취득하면서 어린이집으로 쓰던 1층을 약간 개조하고 2008년 9월경 한소망 노인복지센터라는 명

칭으로 입소 시설인 공동생활 가정과 부설 주간보호시설과 방문 요양도 할 수 있는 노인복지시설을 신고하였다. 그리고 명지대학교 사회교육원에서 개설한 사회복지사양성과정에서 속성으로 사회복지사 자격도 취득했다.

지금은 카페 생기듯 사방에 시설이 산재하지만 그 당시는 시작 단계라서 흔치 않아서인지 거대한 개원식 행사도 있었는데 그 개원식에 한범덕 청주 시장과 노영민 국회의원이 참석하여 즉석 축사도 있었고 도의원 시의원도 참석하여 성대히 치러진 개원식이었다.

CBS 청주TV 지역 소식 뉴스에도 나왔고 후에 어느 신문기사에도 실려 있는 것을 볼 수 있었다.

축사에 나선 노영민 의원은 제도를 만들기는 했지만 이 사업을 하려는 사람이 얼마나 있을지 걱정스러웠는데 교회가 먼저 나서 주서서 감사하다고 하였다.

그때부터 나의 일상도 달라지고 다양한 어르신 그 가족들을 만날 수 있었다.

시작부터 은퇴하신 박영모 목사님과 사모님, 여성이신 엄 목사님과 이웃 교회 목사님, 사모님도 요양보호사와 간호조무사로 함께하셨다. 박영모 목사님은 요양원을 만들어 노인들을 모시는 것이 평생소원이었는데 그 소원이 이제야 이루어졌다고 좋아하셨다.

입소하시거나 주간보호 시설에 오시는 어르신들은 기독교인들이 많았는데 그 자녀들이 시설을 찾는 중에 교회에서 한다고 해서 왔다는 분들이 많았다. 요양원 입소를 거부하는 어르신들도 요양원이라 하지 않고 교회에서 하는 곳이라고 하니 선뜻 결정해 주셨다고 좋아하기도 하였다.

주간보호로 오신 어르신이 있어 그 보호자에게 어떻게 알고 왔느냐 물었더니 네이버 검색을 하였더니 여기를 추천하는 글이 있어 왔다 해서 찾아보니 지식사이트에 올린 글이 있는데 그 내용을 보니 자기 어머니가 치매가 있어 주간보호시설을 찾았는데 적응 못 하고 못 다니게 되어 고민하던 중 혹시나 하고 우리 주간보호시설에 찾아 왔는데 금방 적응이 되시고 잘 계시고 있다는 글이 올라와 있었다. 이 글이 시설을 결정하는 데 우리에게 유리한 작용을 하고 있었던 것으로 보여졌다.

대부분 요양시설이 초기 진입 과정에서 운영난을 겪는 것에 비해 순탄한 진입을 할 수 있었던 것은 하나님이 인도하심과 운영하심이 있기도 하지만 시대적 필요성과 교회에서 운영한다는 것과 좋은 소문이 난 것 등이 맞물린 결과라고 할 수 있었다.

선교적 효과는 금방 나타나는 것이 아니기에 몰랐지만 교회적으로는 당장 나타는 것은 경제적 효과였다.

대길과 분리하는 과정에서 상처 입고 추락하여 교회 재정도 추락한 상태로 500여만 원의 이자 및 건물 유지비를 걱정해야 하는 상태를 면하게 되었던 것이다.

양대 성전으로 두 날개였는데 이제는 교회와 사회복지사업으로 두 날개를 펼치게 된 것이다.

그 당시 나는 목사로 불리기보다는 원장으로 불리는 일이 많을 정도로 비중을 차지하면서 신설하는 분들로부터 설치 정보를 물어 오는 경우도 꽤 있었는데 요양시설을 하려는 분들에게 행정적 도움을 줄 수 있는 기회가 되었다.

특히 목회자들은 정보도 빈약하고 용기가 나지 않아 망설이던 중 나의 경험과 행정적 도움으로 교회에서 세워진 곳이 몇 군데 있어서 보람도 느낄 수 있었다.

이외에도 《청주나눔신문》이라는 인터넷 신문사도 만들기도 하였고 평생교육원을 만들어 의무적으로 받아야 하는 요양보호사 직무교육을 고용보험환급과정으로 수백 명을 교육할 수 있었던 것은 이러한 제도가 초기였기 때문이었다.

1년 후부터 요양보호사가 의무적으로 받아야 하는 고용보험 환급 직무교육은 건강보험공단의 지정을 받은 교육 기관만 가능했다.

나는 정보를 빨리 터득함을 통해 초기 틈새 프리미엄을 누리고 있었던 것이다.

2012년 한무리교회 건물은 같은 지방 내 부흥하는 교회에 인계하고 내덕동 작은 교회로 떠났지만 아동센터와 공동생활가정 요양원은 다른 건물로 이전하여 계속되었다. 아동센터를 통해 성하교회가 탄생할 수 있었고 나의 노인요양시설 운영이 교회를 지탱케 하는 선교적 자산으로 쓰일 수 있도록 홍보대사 역할로 쓰임을 받았던 것이다.

2015년 동남교회 1층으로 이전하여 2022년까지 운영하면서 여러 모양의 사정을 가진 어르신과 그 보호자를 만나면서 하나님이 친히 운영하심을 여러 사건을 통해 경험할 수 있었다.

요양시설에서 약방의 감초 역을 하는 아내가 건강 악화로 운영 유지가 불가능하여 목회 은퇴와 더불어 폐업하게 되었다.

　41년 목회로 만난 사람보다 15년 노인요양시설에서 만난 분들이 더 찐하게 내 마음에서 애틋함으로 떠오르는 것은 나처럼 낮은 곳으로 내려온 이들이기 때문이 아닐까 생각한다.

뜨게 되리라 하신 말씀대로

2010년 연회에서 나는 감리사가 되었다. 2012년 서지방 회의 예배 설교에서 분위기를 전환하려는 의향으로 내가 감리사가 된 것은 뜨게 되리라 하신 말씀을 이루신 것이라고 다음 내용으로 조크를 했었다.

"2005년 저희 지방회에서 준비한 성지 순례길에 올라습니다.
성지 순례 기간 중 사해 바다에 가게 되었는데 일행 모두가 바닷속에 들어가 바다 위에 뒤로 누우면 물에 뜨는 경험을 하게 됩니다. 그때 나도 뜨는 것을 시도해 보았으나 뜨지는 않고 옆으로 뒤집혀 균형을 잃고 허우적거리게 되었습니다.
몇 번 시도하다가 발을 돌에 부딪쳐 다치게 되었고 아파서 밖으로 나와 대충 씻고 차에 들어가 있으니 설움이 복받쳐 올랐습니다.
형편이 여의치 않아 집사람과 함께 오지 못한 것도 서러운데 뜨지도 못하고 발까지 다친 것이 울적한 마음으로 외마디 기도가 나왔습니다. "왜 남들은 뜨는데 나는 안 뜹니까?" 그때 하나님의 음성이 들려왔습니다. "사랑하는 아들아 지금 안 떴다고 서운해 말거라. 다음에는 뜨리라." 그리고 난후 나에게도 뜨는 역사가 있었습니다. 그것이

감리사로 뜨는 것이었습니다."

저에게 주신 하나님의 음성을 재해석하자면 "쪼잔한 것 가지고 서운해 말거라. 이후에 더 좋은 일들이 있으리라."는 응답이었다.

조크로 한 말이었지만 교회를 크게 부흥시키지도 못한 평범한 목회를 해 온 나를 띄워 주셨던 사건이었다.

감리사는 감리교의 꽃이라 할 정도로 한 지방의 행정가이며 감독과 더불어 연회를 이끌어 가는 자리였기에 그만큼 외연이 넓어졌고 그만큼 어려움을 겪는 교회를 찾아 섬겨야 하는 자리였다.

감리사가 된 후 소소한 기쁨을 안겨 주었던 것은 한 달에 한 번 교역자 회의를 하면서 지방 목회자와 사모들에게 설교를 할 수 있는 것이었다.

당시 우리 지방은 이스라엘과 이집트를 중심으로 하는 성지 순례를 5년 전에 다녀온 바가 있었다. 교역자 회의에서 종교 개혁지를 중심으로 하는 유럽 여행을 하고 싶다는 의견이 있었다. 그래서 종교 개혁지 유럽 여행 준비위원회를 구성하였다.

각 교회의 재정 부담금 각 교회 형편에 따른 목회자 부담금과 지원금 그리고 감리사 판공비, 전액 적립금 등으로 경비를 조달하려고 했으나 일어서는 교회들에게 부담이 안 되는 적은 액수를 정하다 보니 부족한 금액이 발생하여 나와 박 목사님이 차용으로 충당해서 이루어질 수 있었다.

더 좋았던 것은 유럽 종교 개혁지 순례를 통해 화합되고 기뻐하는 모습을 보는 것과 여행 중 주일을 맞아 1507년 7월 2일 종교 개혁자 루터가 친구와 함께 걷다가 친구가 벼락에 맞아 죽는 것을 보면서 사제가 되기를 결심했다는 그 자리에서 주일예배와 설교를 할 수 있어서 좋았다.

실제로 하나님이 나를 띄워 주시는 사건이 또 있었다.

14개 지방으로 구성된 충북연회 목회자 체육대회를 매년 또는 격년으로 하고 있었는데 우리 청주 서지방은 한 번도 1등을 해 본 적이 없었다.

그런데 내가 감리사로 있는 그해 1등을 했던 것은 순전히 하나님의 은혜였다. 청주의 3개 지방이 모여서 연습 게임을 두 번이나 가졌지만 우리 청주 서지방은 성적이 좋지 않아 한 번도 우승을 해 보지 않았기에 별수가 있겠나 하였는데 제천 서지방과 배구 경기가 시작되면서 나를 비롯해서 청주 서지방은 의기가 양양해지고 있었다.

강팀이라는 제천 서지방을 계속 따돌리면서 결국은 큰 차이로 승리를 거두게 되었다.

그러나 준결승해서는 처음에 몇 점 차로 앞서가더니 금방 추격하여 13대 14로 한 점 차가 되더니 동점이 만들어졌다. 하필 그때에 내가 던진 서브가 아웃이 되고 말았다. 결국 동점이 되더니 손에 땀을 쥐게 하는 경기는 역전패를 당하고야 말았다. 모두가 아쉬워하고 나는 나의 실수로 역전패를 당한 것 같아 더욱 아쉬움과 미안함이 교차되고 있었다.

그러나 한편에서 사모님들의 손 족구 경기가 진행되고 있었다. 준결

승에서도 이겼는데 결승전에도 좋은 성적으로 승리를 하여 사모님들이 부둥켜안고 좋아하는 모습이 너무 보기가 좋았다. 배구 경기에서 우승을 할 수 있었더라면, 사모님들의 손 족구 경기에서의 우승을 하였기에 종합 우승도 할 수도 있었겠다 하여 더욱 배구 경기에서의 패배가 아쉬웠고 미안했다.

그때 벌써 5시가 넘어가고 있었고 집행부에서 감리사님들은 앞으로 모여 달라는 방송이 있었다. 계주 경기가 남았는데 배구 경기가 길어짐으로 계주 경기를 치를 시간이 여의치가 않아 감리사님들이 심지를 뽑아 1, 2, 3등을 결정하자는 것이었다.

무슨 행운이 있으려나 하며 심지를 뽑았으나 꽝을 뽑았다. 씁쓸함을 머금고 들어가려는데 감리사님 한 분이 늦게 오셔서 심지를 뽑지 못하였으니 이번에 뽑은 것은 무효라며 다시 심지를 뽑으라는 것이었다.

내게 또 한 번 기회가 주어진 것이었다. 그리고 그 기회에 내가 뽑은 심지는 당당히 1등이었다. 나의 체면을 세워 준 기회였다. 두 종목에서 우승을 차지한 우리 청주 서지방은 음성 서지방과 공동 우승을 하게 되었다. 그러나 소중한 우승이었다. 음성 서지방은 실력으로 우승을 하였겠지만 우리 청주 서지방은 은혜로 우승을 하였고 그리고 우리 지방이 생긴 후 처음으로 종합 우승을 하였기 때문이다.

모든 것은 끝까지 가 봐야 알고 하나님이 손 들어 주시면 이길 수 있다는 것을 깨닫는 기회였다.

비록 은혜로 1등을 한 것이지만 우리 지방은 사기가 충천되어 의기가 양양했다. 더군다나 행운권 뽑기에서도 우리 지방의 교역자가 감독이 주는 행운권을 뽑아서 기쁨은 더했다.

그리고 감리사를 마치는 해의 연회에서 나는 우수감리사 표창장과 상금을 받았다. 지방 내 개척 설립을 가장 많이 했다 해서 주는 것이었는데 나의 재임 기간에 6개의 교회가 설립되었다. 이것도 역시 나를 띄워 주시기 위한 하나님의 은혜였다.

교회와 아동센터, 요양시설을 이전하다

　지하 성전과 지상 4층인 교회 건물은 지역아동센터와 노인복지센터 나와 정 전도사 사택까지 사용하며 풀가동하고 있었으나 몇백 석으로 되어 있는 지하 성전은 늘 헐렁하고 썰렁하고 건물 여기저기에서 노후 현상이 발생하고 있었기에 대대적인 손질이 필요한 상태였다.

　주간보호센터에 침술 자원 봉사자로 오시던 좋은교회 장로님이 조심스런 표정으로 혹시 교회 건물을 넘기실 생각 없느냐고 하시면서 한 지방교회였던 형제 교회에서 알아보라 했다고 하는 것이었다.

　이 문제를 오랫동안 고민하고 있었던 터이고 우리 교회보다 급성정하고 있는 형제 교회가 더 필요하겠다고 여겨지기에 장로님을 통하여 나의 승낙 의사를 형제교회에 곧바로 전하게 된 것을 또 다른 신호가 있었기 때문이기도 하였다.

　선한교회 안 목사님이 조기 은퇴 의사를 밝히며 사택 포함 60여 평 지어진 성전을 인수할 사람을 찾고 있다고 말씀하신 것이 생각이 났고 세 가지 조건이 한 지점에서 만난다는 것은 하나님의 인도하심이란 생각이 들었기 때문이었다.

　급물살을 타고 진행되어 아동센터는 근방을 건물을 임대해서 이전하였고 한무리쉼터 요양원은 근방에 있는 70평 아파트를 은행 융자를 통해 매입하여 들어갔고 교회는 선한교회로 이전하여 한 건물에 있었던 세 기관이 따로따로 떨어지게 되고 드디어 항상 시끌벅적한 환경에 있다가 조용함을 맛보며 시간적 여유도 누리게 되었다.

그때에 대낮에 날벼락이 치듯이 또 문제가 터졌다. 요양원으로 사용하고 있는 아파트 주민들이 시설 안에 찾아온 것이었다.

당장 나가 달라는 것이었다. 단지 안에 요양 시설이 있다는 것만으로도 아파트 가격 하락 현상이 발생한다는 이유였다.

우리 시설은 법적으로는 문제가 되지 않고 신고하여 허가를 받았다. 시청 주무관도 아파트 주민들을 만나 설득하였으나 그들은 막무가내로 단지 안에 현수막을 내걸고 시시로 몰려와서 소란을 피웠다. 그때 청주 안에 서너 군데에서 이런 현상이 생기고 있었고 두 곳에서는 법정 싸움으로 가게 되어 승소를 했다는 소식도 있었다.

나도 법적으로 해결할까도 생각해 보았지만 승소까지 많은 시간이 걸려야 하고 그렇게까지 하면서 유지할 필요가 없다고 생각되어 주민 대표를 만나 요양원을 그만두겠으니 정리할 시간을 주는 조건으로 그들과 합의를 하게 되었다.

5년 가까이 운영하던 요양시설을 그만둔다고 생각하니 시원섭섭하고 그동안 아파트 주민들로부터 시달려 울적한 마음을 가눌 수 없었다.

그때 함께하고 계신 박영모 목사님께서 좋은 자리가 있다고 하시며 하시는 말씀을 들어 보니 교회 건물이라 하는데 외곽 지역에 있고 요구하는 임대료도 운영상 과다하게 생각되었고 운영을 접을 생각으로 마음을 굳힌 상태라 대수롭지 않게 듣고 지나고 있었다.

어느 날 박 목사님한테서 전화가 왔는데 이번에는 역정 내시며 가서 보기라도 하라고 하시는 말씀을 거절할 수가 없어 그러겠다고 했더니 박 목사님이 오셔서 따라오라고 하시며 앞서 가셨다.

아내와 나는 박 목사님의 권유를 거절하지 못해 가벼운 마음으로 보고만 오려고 나선 것이었다.

도착하자 동남교회 임 목사님이 우리를 기다리고 계셨다며 맞이해 주시며 그동안 우리를 오게 하기 위해 기도하셨다고 하시며 교회의 사정을 소개하셨다. 교회를 개척하여 급성장하자 4층 건물로 연건평 500여 평의 아름다운 교회를 건축하고 성장하는 중 문제가 발생하여 갑작스런 추락을 경험하게 되어 어려움을 겪게 되었다고 하시는 말씀에 나와 같은 처지라는 것을 생각하니 가슴이 저려 왔다.

교회 건물도 식당 1층과 강당 3층이 비어 있어 임대자를 찾고 있었다는 말을 들으며 나의 생각도 바뀌고 있었다.

우리가 요양시설을 운영함으로 교회에도 도움이 된다는 생각과 함께 하나님께서 요양시설 한무리쉼터 운영을 그만두는 것을 원치 않으시고 처소도 미리 예비하여 놓으신 것이라 생각되었다.

2012년 8월 동남교회 1층으로 이전하여 2021년 5월까지 운영하는 동안 많은 만남과 많은 사건을 통해 알게 된 것은 하나님이 요양시설을 선교적 자원으로 교회에 주시고 직접 운영도 하신다는 사실이었다.

임 목사님도 3층에 요양시설을 하시게 되어 초기 운영에 나의 경험과 정보로 도와드릴 수 있게 되었고 초기 운영난을 극복하고 정상적 운영에 진입하는 모습을 보며 이런 방법으로 하나님이 동남교회를 붙들고 계심을 생각하게 되었다.

나의 자원 은퇴

나는 2022년 충북연회 자원 은퇴자 명단에 올랐다. 감리교 목회자 은퇴 종류에는 정년 은퇴, 자원 은퇴, 공상 은퇴가 있다. 정년 은퇴는 은퇴 정령을 다 채우고 은퇴하는 것이고 공상 은퇴는 목회를 더 이상 유지할 수 없는 사유인 질병 등으로 은퇴하는 것이며 자원 은퇴는 은퇴 연령 70세를 채우지 못하고 30년 이상 목회 경력자가 65세부터 자원 은퇴하게 될 때 자원 은퇴자로 불리게 된다. 자원 은퇴자라고 해도 정년 은퇴 1~2년을 남겨 놓고 은퇴하는 경우가 대부분이며 나처럼 65세에 은퇴하는 경우는 흔치 않은 경우이다.

5년간의 연회록을 뒤져 보았는데 나처럼 65세에 은퇴한 경우는 두 명에 불과했다.

내가 자원 은퇴를 결정했다는 소식을 듣고 그 이유를 묻거나 만류하는 동료 목회자에게 나는 목회를 더하고 싶어도 하나님이 그만하라고 하니 어쩔 수 없다는 말로 나의 은퇴 이유를 설명하였다.

어찌 보면 자연스럽게 자원 은퇴의 환경이 조성되고 있었기에 은퇴라는 결론에 도달하게 되었다고도 할 수 있다.

농촌이기는 하지만 부족함 없는 목회 환경이 조성되고 인근 도시 청주에 4층 건물 430평에 대예배실 100평, 500석 이상의 지성전과 본교회의 성전 예배처를 가지고 동료들로부터 대단하다는 말을 들으며 승승장구하던 목회가 급작한 변화의 소용돌이에 휘말려 대길교회를 사임하고 청주 성전을 사회복지 대안 목회로 전환하면서부터 조기 은퇴를 생각하게 된 것이다.

양대 성전의 기적의 여세를 몰아 청주 지성전의 통한 또 한 번의 기적을 꿈꾸었으나 이는 하나님이 허락하시는 바가 아님을 깨닫고 양대 성전 체제를 정리하게 되었던 것이다.

2012년 봉명동 1434번지 건물은 같은 지방 내 부흥하는 교회에 인계하고 내덕동 작은 교회로 떠나오면서 목회가 대폭 축소되었기에 노인 요양시설 운영에 주력하고 있던 중 좋은교회 담임 목사님으로부터 부목사의 담임 사역지를 구하고 있다는 말을 듣게 되어 기력과 비전을 잃은 내가 자리를 유지하는 것보다 패기와 비전을 가진 후진에게 넘겨주는 것이 옳다고 생각되어졌다. 좋은교회 부목사였던 차 목사님에게 인계하고 2년 남짓 남은 정년인 2019년 11월에 나의 39년 목회를 마감하고 2년을 좋은교회 부목으로 등록되어 있다가 2021년 자원 은퇴를 맞게 되었던 것이다.

재임 시절 한때는 은퇴석에 앉아 있는 은퇴 목사를 부러워했는데 막상 은퇴자가 되고 보니 심한 상실감이 빠져들고 있었다.

아내가 시집왔던 첫날 거의 종일 서럽게 우는 것을 보았다. 내가 알기로는 그동안의 삶이 달콤하지만은 않았는데 그렇게 우는 것을 이해할 수가 없었다.

은퇴하고 난 후 비로소 그때의 아내의 눈물을 이해하게 되었다. 조기 은퇴를 수년 전에 계획했고 그동안의 현장 목회가 달콤했던 것도 아닌데 현직 목사라는 울타리를 벗어났다고 생각하니 울적한 마음을 감출 수 없었다.

나는 너를 원한다

4부

아버지 집에 영원히 거하리로다

내가 하지 말아야 했던 일, 호텔 대표

봉명동에서는 3층 목사관을 사택으로 쓰고 있었기에 건물 안에는 지역아동센터 어린이들과 1층 주간보호센터와 요양원 어르신들과 근무자들로 항상 시끌벅적하고 밖에는 공원을 접하고 있어 아이들 노는 소리 술주정하는 소리 등으로 늘 긴장 속에 있어야 했는데 내덕동으로 이전 후에는 도시 소음도 들리지 않고 교회도 주간에는 드나드는 사람이 없어 비로소 긴장도 풀리고 생활도 단조로움 속에 시간적 여유를 누리게 되었다.

그 무렵 나는 하지 말아야 하는 일을 하게 되는 시험에 빠지고 있었다.

바로 제주도 분양형 호텔에 투자하는 것이었는데 아내도 반대하는 일이었으나 완강하게 밀어붙인 나의 이론은 이러하였다.

최소한의 노후를 준비하는 것은 꼭 필요한 일이며 부동산에 투자하는 것도 나쁘지 않은 일이고 안전한 투자 중 하나라고 생각했다. 나중에 알게 된 바로는 실제로 목회자들도 상당수가 투자자에 포함되어 있었다.

당시 신문에는 분양형 호텔 투자자를 모집하는 광고가 줄을 이어 나오고 있었는데 내가 빠져든 것은 비스타케이라는 호텔이었고 당시 투자 금액의 16%를 수익금으로 약속하고 있었고 상당한 부가 서비스를 약속하고 있었는데 내 마음을 끄는 것은 약 한 달가량 타 호텔을 포함한 객실을 무료로 사용할 수 있는 것이었다. 분양가의 60%를 담보 대출이 가능하고 할인도 해 주어 들어가는 돈도 크게 무리를 하지 않아도 되었다. 설사 약속이 지켜지지 않는다 해도 등기가 되어 있으니 재산 가치는 있을 거라는 생각으로 아내의 반대도 완강히 거부하였다.

그러나 후에 일어나는 상황은 나의 모든 예상을 뒤집었다.

비스타케이호텔은 4차까지 진행되고 있어 2차 계약자인 나는 4차까지 진행할 수 있는 회사라면 그만한 재력이 있을 거라는 생각으로 잘못될 의심의 여지가 없었다. 6개월 정도 정상 수익금을 받을 때쯤 3차가 분양이 정지되고 4차가 건축 정지되었다는 소식이 들려오면서 수익금이 3분의 1 수준으로 줄어 대출 이자에도 미치지 못했다.

투자자들이 분노하며 회사 대표를 만났지만 배 째라는 식의 운영 상황을 투명하게 보여 주겠다는 말뿐이었다.

투자자들은 수차례 모임을 갖고 내린 결론은 현재 운영하는 법인의 영업권을 회수하고 영리 법인을 만들어 직접 운영하자는 직영을 선택했다.

그제야 나는 호텔을 가지고 있다 해서 수익을 얻을 수 있는 것이 아닌 영업권을 가진 영리 법인과 계약하고 그 계약관계에서 수익을 얻게 됨을 알게 되었다.

결국 비스타힐이라는 영리법인을 구성하게 되었는데 상황을 지켜보기 위해 이사로도 참여하게 되었고 대표이사는 열정적으로 법인 설립에 앞장섰던 미남형 방송국 PD라는 30대 Y였다. 녹색개발이라는 인력을 공급해 주는 회사와 결탁하여2개월 법인을 이끌어오던 대표가 밴드에 글을 올려 사임 의사를 밝히며 불가피한 사정을 쓴 것을 보니 법인 대표직을 가지고 있으면 겸직에 걸려 자기의 현재 직을 내놓아야 한다는 것이었다.

대표이사 선출을 위해 소집된 서울역 청사 안에 회의실에 가 보니 이사 15명 중 위임자를 뺀 11명이 모였고 무기명 투표로 투표 결과는 3명을 빼고는 8명이 나를 선택하여 엉겁결에 대표이사가 된 나는 대표이사의 자리의 성격도 모르고 있는 터였다. 목사인 나를 선택한 이유가 무엇일까를 생각해 보았다. 나를 뽑았던 그들도 대표이사의 성격을 모르는 분들이었거나 내가 이권에 가담하지 않을 적격자라고 판단했던 것이 아닐까라는 생각이 들었다.

며칠 생각 끝에 나의 길이 아니라고 생각되어 밴드에 대표를 할 만한 역량도 부족하고 이런 분야에 접해 본 적도 없는 사람으로서 선출해 주신 것은 고맙지만 사의를 표한다는 글을 올렸다. 그러자 현 Y 대표로부터 온 카톡 메시지를 보니 법인 대표는 등기가 되어 있기에 후임이 결정되어야 물러날 수 있다는 것이었다.

대표 자리가 사표 수리가 되지 않으면 PD직을 내놓아야 한다고 하니 막무가내로 사양하기도 곤란했다. 그 사람을 돕는 심정으로 얼마 동안 유지를 하다가 그만두어야겠다는 쪽으로 생각이 바뀌게 되었다. 이왕 이렇게 되었으니 부딪혀 보자는 생각도 있어 대표이사 등기를 수락하고 업무에 들어갔다. 업무는 총무이사가 카톡으로 보고하고 결재

요청하면 결재하면서 상황을 분양자 전체 밴드에 올리는 것이었다.

그리고 특별한 경우에만 법인카드를 쓰면서 제주를 다녀오는 것이었다. 몇 개월은 정상적 운영이 되는가 싶었는데 코로나로 인한 중국 관광객 금지 조치가 내려지고부터는 걷잡을 수 없는 적자가 발생되고 있었다.

침몰하는 배의 선장처럼 망해 가는 회사의 대표가 된 것이었다. 이때 그만두려 하였으나 대표이사를 하려는 사람도 없고 이사회가 소집되지도 않아서 밴드에 올린 나의 사직서는 메아리에 불과했다.

이때부터 치열한 세상의 속사정을 알게 되었고 모순으로 가득한 삶의 현장을 구경하게 되었다.

정상적 수익금을 받지 못하는 소유자들의 불만이 터져 나오기 시작하였고 횡령 혐의로 수익금 청구로 두 사람이 대표인 나에게 소송을 걸어왔다. 한 건은 몇 번의 재판이 진행되다가 취하를 했고 한 건은 무고로 판결이 나기도 했다. 이외에도 법정을 드나들 일이 많아 고소장을 직접 작성할 정도의 법원 지식도 갖게 되었다.

또 한 사람은 800여 명의 소유자가 있는 밴드에 나의 대한 비방을 하다가 신학도 안 나온 가짜 목사라는 식의 글을 서너 번 올라온 것을 보게 되었다. 그 사람을 명예훼손으로 고발하면서 나에게 목사는 생명과 같은 것이기에 목사의 이름이 훼손되는 것은 참을 수 없다고 하는 고소 이유를 밴드에 올렸다.

얼마 후 고소는 검찰청으로 넘어갔다는 소식이 있은 후 검찰청 화해위원회에서 전화가 왔다. 내가 용서해 주지 않으면 그는 명예훼손죄

처벌을 받게 되는데 목사님이시니 너그럽게 용서해 주시는 게 어떠냐고 물어 왔다. 나는 그분이 밴드에 나에 대한 허위 사실과 사과 내용을 세 번을 올리는 조건으로 취하하겠다고 했고 그는 그렇게 하여 사건은 종료되었다.

이런저런 이유로 높게만 느껴졌던 법원의 문이 친숙해졌고 법은 보호해 주기 위해 존재한다는 것을 알게 되었다.

영업이 부진한 채 2, 3개월이 지나게 되니 인건비, 전기세, 세탁비 등 거래처의 미지급금이 수억대로 늘어나는 것을 보았고 피해자를 줄이기 위해서라도 운영을 중지해야만 했다. 결국 이사회를 소집하여 폐업을 결의하였다.

이때에도 나와 함께하시는 하나님은 앞서가셨고 피할 길을 예비하셨다. 등기이사라 할지라도 주식 보유가 많지 않은 대표는 추심을 당하는 채무자의 책임은 없는 것을 알게 되었다.

모든 채권자들은 법인에 대해서만 추심과 책임을 물을 수가 있는데 법인은 운영 중지 초기에 깡통법인이 되어 있기에 깡통법인에 추심 소송을 제기하는 것은 아무 의미가 없었다.

이런 이유로 회사와 거래하려면 그 회사의 재무 구조와 회사와 대표와의 관계 등을 알아보는 것이 필요함을 알게 되었다. 다행히 폐업한 우리 법인을 인수하겠다는 분이 생겼고 공과금 등을 해결하는 조건으로 인수 계약을 하였으나 그는 결국 포기하게 되었다. 인수계약금으로 받은 1500만 원만 법인을 정리하는 데 유용하게 사용할 수 있었다.

이런 과정을 통해 물질적으로 정신적으로 많은 희생당하긴 했지만 누군가는 당해야 하는 희생을 내가 당한 것이었고 잃은 것도 많았지만 얻은 것도 많았다. 신선한 공기와 대자연과 파도 소리가 살아 숨 쉬는 제주를 흠뻑 경험할 수 있는 기회가 되었다. 나의 프리미엄을 통해 목회자들과 이웃들이 호텔을 저렴하게 사용할 수 있도록 도울 수 있었고 대학에서도 배울 수 없는 회사 경영의 실제를 배울 수 있었고 생존경쟁에서 치열하게 싸우는 사람들의 함성을 들을 수 있었다.

특별히 나와 같은 목회자들이 몇 분 계시어 서로에게 위로가 되었다.

대표가 목사라는 것에 그분들에게 큰 위안이 되고 있는 듯하였다.

전화로 서로 위로하고 기도하며 소송에 휘말리는 분들에게 여러 가지 정보를 드리기도 하였다.

내가 목사라는 사실을 알고 투자자 중 믿음의 가진 분들 중 상담의 전화가 가끔 오기도 했다.

어느 날은 새벽 5시에 전화벨이 울리어 받아 보니 객실 4개를 투자했다면서 집사라고 소개하던 연세가 70대이셨던 진주에 사시는 J라는 분의 아내였다. 그분이 호텔에 과다 투자하여 겪고 있는 고통을 대충은 알고는 있었는데 아내분의 전화를 받고 들어 보니 내가 알고 있는 것보다 더 심각했다. 남편은 치매로 인사불성이 됐고 몸도 기형으로 변화가 왔다. 친정으로부터 받은 작은 부동산이 있는데 이것마저 채권자한테 빼앗길까 봐 걱정이 되고 잠도 안 와서 기도하다 나한테 전화하고 싶은 마음이 들어 실례인 줄 알면서 새벽에 전화하셨다고 하면서 울먹였다.

나는 보호받을 수 있는 법이 있다는 것을 알려 드리며 몇 가지 가지고 갈 서류 목록을 불러 주며 걱정하지 않아도 될 거 같으니 가까운 도시에 변호사를 찾아 상담하시고 그 결과를 나한테 전화해 달라고 일러 드렸다.

이틀 후 다시 아침 일찍 전화가 와서 받아 보니 그분의 목소리가 힘이 차고 넘치면서 목사님 길을 가르쳐 주셔서 어제 처음 단잠을 자고 너무 감사해서 기다리지 못하고 일찍 전화 드렸다며 자기가 걱정하던 문제들이 다 해결됐다고 하시며 목사님 말씀이 하나님 응답이었다고 하셨다.

그리고는 앞마당에 심은 채소라도 가지고 인사드리러 가고 싶지만 차를 탈 수 없는 지병을 가지고 있어 못 간다고 하셨다. 얼마 후에 묵직한 택배가 와서 열어 보니 진주에서 온 J 어르신의 아내분이 보낸 마늘이었다.

텃밭에 심은 마늘인데 이렇게라도 감사한 마음을 전한다고 하는 쪽지도 들어 있었다. 고난 중에 있는 분들 잠깐 손을 잡아 준 것뿐인데 그분들은 큰 도움이 되었다고 하는 말을 들을 때 오히려 나에게 위안이 되었다.

내가 그곳에 가도록 방관하신 하나님의 섭리도 난 너를 원한다는 그 말씀 속에 포함되어 있었다. 나를 원하시는 하나님께서 나를 훈련하시는 레슨 중 하나가 아니었을까 하며 하나님의 섭리를 이해할 수 있었다.

항상 나보다 앞서가시면서 나를 인도하셨던 하나님이 이런 환란을 막아 주실 수도 있었을 터인데 나에게 허용하셨던 이유가 무엇이었을까 하는 생각을 했던 것이 사실이었다. 우연히 보게 된 한 편의 영화에서 나오는 피터 상사의 한마디 말로 의문이 풀렸다.

아침밥을 먹고 TV를 켜니 〈생존자〉라는 제목의 영화로 세계 2차 대전에 일어났던 실제 사건을 다룬 영화가 나오고 있었다.

1942년 1월 16일, 전투기를 타고 남태평양을 날아가던 해롤드 진 토니는 연료의 부족으로 바다 한가운데 떨어지고 만다. 겨우 구명보트에 몸을 싣고 아군이 구해 줄 거라 믿지만 다음 날 아침 날아온 아군의 전투기는 그들을 발견하지 못하고 지나가고 만다. 곧 구조될 줄 알았던 항해는 점점 길어지고, 겨우 36일 악전고투 끝에 육지에 다다르게 되었다. 과연 살아남을지 모르는 암담한 현실 속에서 어느 날 토니 상사는 혼자말로 중얼거린 말이 있었다.

"하나님이 이런 환란을 허용하신 것은 우리가 감당할 수 있을 것을 아셨기 때문일 것."이라고. 이 말이 나의 가슴을 울렸다. 나에게도 이런 일을 허락하신 것을 감당할 수 있는 것을 아셨기 때문일 것이다.

김홍봉

2017년 9월 15일 · 🌐

생각해볼 겨를도 없 이 맡게된 비스타힐의
대표이사. 과연 감당할수 있을 것인가?
그일을 맡겨주신 그분이 감당할수있는 능도
주시리라. 지금까지 그래왔드시...

나는 너를 원한다

현대 목회의 노인 복지사업
(충북연회 사회복지목회자 세미나 강의 2010.7.17.)

들어가는 말

제가 여러 가지로 부족하지만 복지목회를 한다는 이유로 이 자리에 서게 된 줄로 압니다.

어떤 건물에 불이 나서 삽시간에 불길에 휩싸이게 되었답니다. 소방관들이 달려왔으나 불을 끄기에는 역부족이었습니다. 불을 끄려면 불타는 건물 가까이 가야 하는데 불길이 너무 세니까 아무도 가까이 가려고 하지를 않았습니다. 그때 웬 소방차가 들어오더니 불타는 건물 쪽으로 막무가내로 돌진하더니 물 호스를 내려 사정없이 물을 쏟아 내려 불길을 잡더라는 것입니다.

사람들은 용감한 소방관의 모습에 박수를 치며 기자가 다가가서 "용감하게 불을 끄면서 무슨 생각을 하셨습니까." 하고 묻자, "빨리 차의 브레이크를 고쳐야겠다고 생각했습니다."고 하더라는 것입니다.

이 유머스러운 이야기는 저 같은 사람을 두고 하는 말인 것 같습니다. 저 역시 복지 목회를 하게 된 것은 복지 목회를 하려는 계획과 준비 과정이 있어서가 아니라 브레이크가 고장 났던지….

40 중반에 개척을 하게 되었고 그것도 걸맞지 않는 좋은교회가 사용하던 구성전 건물을 인수하다 보니 5억이 넘는 빚을 지고 여차 하면 교회는 그만두고 제 인생 자체가 허물어질 것 같은 중압감에서 교회 부흥을 위해 이것저것 닥치는 대로 하다 보니 어떤 것은 시행착오로 그 대가를 치러야 하는 것도 있었지만 몇 가지는 열매는 맺었다고 할 수 있습니다.

미친놈이 호랑이 잡는다는 말이 있습니다만, 주먹구구식으로 공부방을 시작했는데 그것이 아동센터로 자리 잡고 있고 2008년도에 교회 공간이 있어서 얼떨결에 시작한 노인복지 사업은 현재 자리를 잘 잡아가고 있는 것 같습니다. 제가 막무가내로 주먹구구식으로 시작해서 그런대로 자리를 잡고 운영되어 가는 요즘에서야 여러 가지를 생각하게 됩니다. 제가 그동안 생각했던 몇 가지를 이 자리에서 나누고 소규모 요양시설 설립의 실제에 있어 중요한 것을 말씀드리려고 합니다.

저는 일을 잘 저지르는 은사가 있는 것 같습니다. 성경에 이런 은사가 있는지 모르지만 다른 사람과 비교할 때 겁 없이 일을 잘 저지릅니다. 초등학교 때 동네 우물을 지게로 져다가 사용하는 것이 불편했는지 저의 아버지가 엄두도 못 내는 우물을 앞마당에 파기 시작했습니다. 그것도 아버지가 없을 때, 한 질 이상을 파 놓으니까 할 수 없이 공사를 시작하여 펌프질을 할 수 있는 우물이 있게 되었고 신학교 졸업반 때 교육 전도사로 있는 것도 과분한데 그게 싫었던지 결혼하고 나서 26살에 200만 원짜리 방을 빼서 14평 지하실 얻어 개척을 시작하였으나 강대상 살 돈이 없어서 각목과 합판으로 만들어 사용하기도 했습니다.

저는 제 인생을 뒤돌아보면서 일을 잘 저지르는 은사를 가진 사람은 필히 지식의 은사나 지혜의 은사가 필요함을 알았습니다. 성경에도 지식으로 아내를 대하라는 말이 있습니다. 결혼과 함께 있어야 하는 것은 가정을 이끌어 가는 지식이라는 것입니다. 저같이 일을 잘 저지르는 은사를 가진 사람이 꼭 가져야 하는 은사는 지식의 은사라는 것을 알게 되었습니다.

어떤 일을 시작하기 전에는 꼭 탐색 기간을 가져야 하는데 저는 그것을 잘못했다는 것입니다.

그래서 많이 깨지기도 했지만 노인복지 사업은 지식의 은사가 부족하고 탐색 기간을 갖지 못한 저 같은 사람이 시작해도 될 만큼 정부에서 손질을 해 놨고 사회적으로 공감대를 이루고 있을 뿐 아니라 시급한 상황이기 때문에 지식의 은사가 있고 탐색 기간을 가지고 있는 여러분들이 한다면 성공할 수 있는 선교 사업이 될 것입니다.

현대 목회에서 노인복지 사업이 꼭 필요한 이유

최근 한국 교회는 교회 사회사업 시대를 맞이하고 있습니다. 교회들이 앞을 다투어 사회봉사 사업을 하고 있으며, 교인들도 여러 가지 형태로 사회를 위한 자원 봉사 활동을 하고 있습니다. 이처럼 교회가 사회사업에 관심을 갖고 다양한 프로그램을 실시하는 것은 성경의 가르침과 교회의 역사, 그리고 시대적 상황을 살펴볼 때 너무나 당연한 일이라고 할 수 있습니다.

저는 처음에 복지 목회를 전도의 한 방편 혹은 전도사 역의 한 접촉점으로 생각했습니다.

그러나 하다 보니까 그게 아니더라고요. 복지 목회 자체가 하나님의 뜻을 이루는 방편이고 사역의 목표가 되어야 한다는 생각을 하게 되었습니다.

교회가 교회만을 위한 교회가 아니라 세상을 위한 교회가 되어야 한다는데 큰 은혜를 받은 적이 있습니다만 기독교인들이 세상을 향해서 할 수 있는 책임을 둘로 나누어서 말한다면 social action입니다. 사회 행동이에요. 이 길을 바꾸는 것, 주변의 환경을 바꾸는 것은 사회 행동이라고 말합니다. 그것은 어려운 것입니다. 혼자 할 수가 없어요. 더불어 같이 해야 돼요.

또 하나는 social service라고 말해요. 사회봉사. 사회봉사의 책임이 있어요. 이 사람을 치료하고 돌보는 것. 그건 사회봉사의 책임입니다. 이것은 개인별로 교회별로 할 수 있는 일입니다. 저는 바로 그런 이유를 위해서 하나님이 교회를 세워 주셨다고 생각을 해요.

1) 사회적 노인 문제를 위하여

올 7월 현재 우리나라의 65세 이상 인구는 481만 명으로 총 인구의 9.9%를 차지하고 있는 것으로 나타났다. 또 2018년에는 14.3%, 2026년에는 20.8%로 '초고령 사회'에 도달할 것으로 전망됐습니다.

노인 문제는 사회 문제가 되어 가고 있는 것이 분명하다면 교회는 결코 사회 문제에 대하여 무관심할 수 없다는 것입니다. 교회는 세상의 빛이요 소금이어야 하기 때문입니다. 교회만의 교회가 아니라 세상의 교회이어야 하기 때문입니다.

노인들은 사회적으로 예수님이 비유로 말씀하신 강도 만난 자에 해당된다고 할 수 있습니다.

사회적으로 약자요, 경제적으로 약자, 신체적으로 약자라고 할 수 있습니다. 사회적인 약자를 교회가 관심 갖는 것은 당연한 일이라고 할 수 있습니다.

제가 목회하던 시골 교회는 반 이상이 65세 노인으로 형성되어 있었고 대부분 교회에서 노인들이 일정 비율을 차지할 것입니다. 노인층은 경제적으로나 사회적으로 능력이 없는 계층으로 생각을 했던 것이 사실입니다. 이런 노인 계층을 선교 대상으로 삼거나 자원화했을 때 교회 성장은 놀라운 탄력을 받게 될 것입니다.

노인장기요양보험 제도가 시행되어 1-3등급을 받은 노인은 급여대상이 되고 앞으로 보험혜택 대상이 확대되어 가는 계획 중에 있는 것으로 알고 있습니다. 내 교회 안에 있는 급여대상 노인들을 교회에서 시설을 설립하여 다른 시설에 가지 않아도 되도록 하고 자원화시킬 수가 있다는 것입니다. 결국은 그 자원이 선교 자원이 되는 것이지요.

이런 말이 있습니다. 사람이 나이 60이 넘으면 배운 사람이나 못 배운 사람이나 똑같아지고 70이 넘으면 잘생긴 사람이나 못생긴 사람이나 똑같아지고 80이 넘으면 산 사람이나 죽은 사람이 똑같아진다고 합니다. 여기에 하나 덧붙이면 90이 넘으면 믿는 사람이나 안 믿는 사람이 똑같아지더라는 것입니다. 그것도 그럴 수밖에 없는 것이 교회를 갈 수가 없고 신앙생활 자체가 불가능해지기 때문입니다. 이런 분들이 저희 기관에 오시면 다 예수 믿는 사람이 되어 버립니다.

목회에 노인복지를 접목하면서 저희 교회도 여러 가지 변화를 가져오게 되었습니다. 요양기관을 하기 전에는 주일날 예배 시간이 다 됐는데도 사람들이 오지 않아요. 그런데 지금은 예배 시간 1시간 전부터 노인분들이 기다리고 있습니다. 그래서 평소에 예수 믿던 어르신들은 다시 잃었던 교회 생활을 되찾게 되고 믿지 않았던 어르신들은 저희 기관에 오셔서 예수를 믿게 되는 것을 볼 수 있습니다.

노인복시 시설 직원만 10여 분 중에 목사님이 3분, 사모님4분, 집사님 2분, 평신도 2분으로 구성되어 있는데 이분들은 저희 기관에서 일하는 것이 사역이라고 생각하는 것을 볼 때 큰 보람을 갖게 됩니다. 이런저런 일로 일정한 사역이 없던 분들이니까 감사할 수밖에 없지요.

저희 교회도 벌써 문을 닫아야 했었는데 사회복지 목회로 전환함으로 문을 닫지 않아도 되게 되었습니다. 건물 유지비 심지어 제 생활비까지 복지사업을 통해서 메꾸어지고 있습니다.

저는 지금도 우리 교우들에게 확실하게 말하는 것이 있습니다. 지역 아동센터의 제도화, 노인장기요양보험제도는 우리 교회 때문에 생겨난 것이라고 말합니다.

아동센터가 5000(?)개 정도 된다고 하는데 70% 개척 교회에서 목회자들이 담당하고 있고 거의가 아동센터와 더블로 자립 교회로 성장해

가고 있는 것으로 저는 알고 있습니다.

2) 현실적 목회 대안으로

15년 전 정도 교회 컨설팅 기관인 교회성장연구소 명성훈 목사의 강의를 들었는데 그때 개척 교회가 성공할 확률이 1%라고 하더라고요. 물론 통계적인 수치로 말하는 것입니다.

확실한 것은 이제는 개척 교회 시대는 지나갔다는 것입니다. 개척 교회가 안 되는 시대입니다.

그러나 다행스러운 것은 우리나라에 사회복지 제도가 정착되면서 사회복지를 통한 선교에 문이 활짝 열리고 있다는 것입니다. 한편으로는 막혔지만 한편으로는 활짝 열린 것입니다.

막힌 쪽으로 굳이 가려고 할 것이 아니라 열린 쪽으로 가면 되는 것입니다.

이제는 제 스스로가 더 이상 일을 벌이지 말자고 다짐을 하는데 제 눈에는 자꾸 새로운 일들이 자꾸 보여 회유하는 것 같아서 혼란스러워질 때가 있습니다.

사회복지는 때가 있어요. 아무 때나 되는 것이 아니라 때에 해야 되는 것입니다. 아동센터는 때가 지나가고 있습니다. 그래서 여러 가지로 억제 정책을 쓰려고 하고 있습니다.

요양기관을 하다 보니 연계해서 하고 싶은 일이 눈에 보이는 거예요. 그중에 하나가 요양병원입니다. 지금 요양원에 있어야 하는 분들의 반 이상이 요양병원에 있고 큰 요양원을 하려면 촉탁 의사가 있어야 하는데 그 비용이 만만치 않은 거예요. 병원에 갈 일도 없고 돌아가셔도 장례까지 담당하는 호스피스 사역까지를 포함하는 그런 시설을 하면 좋겠다는 생각이 듭니다.

노인주거복지 사역도 필요한 사업입니다. 모두가 등급이 있는 분들을 대상으로 하다 보니까 등급이 없는 노인들의 시설이 필요한 거예요. 한편으로는 더 이상 일을 만들지 말아야지 다짐하면서 한편으로는 필요한 일들이 자꾸 제 눈에는 보여집니다.

3) 교회가 노인요양사업을 위해서 꼭 알아야 하는 사항

저는 저희 시설에서만 노인요양사업을 3번이나 했고 두세 곳 설립하는 데 컨설팅을 해 주면서 느낀 것이 있는데 담당 공무원이 자세히 가르쳐 주지 않는다는 것입니다. 일부러 골탕 먹이려고 하는지 만사가 다 귀찮아서 그런지 몰라도 안 가르쳐 줘요. 그렇다고 대충 잘못해 가면 다시 반려가 되고 잘못한 거 다시 고쳐야 합니다. 처음 할 때는 서류 작성하고 다시 수정하고 하는 데 1달 이상 걸렸어요.

그런데 어떤 집사님이 와서 공동생활가정을 한다고 해서 제가 도와주었더니 1주일 만에 다 되더라고요. 해 주고 보니까 은근히 손해 본 것 같았습니다.

앞으로도 손해 보는 일 할 테니까 요양기관을 설립할 때 행정적인 도움이 필요하시면 연락을 주세요. 제가 도와드릴 수 있는 것은 도와드리겠습니다.

카톨릭 수녀 시인 이해인 씨의 좋아하는 시래요. 엘리자베스 노벨이라는 사람이 쓴 동시, 어린아이들의 시인데 시의 제목이 'A little', '조금'이 시의 제목이에요.

조금

설탕을 조금 가지고도
음식맛이 달게 된다네.

비누를 조금 가지고도
내 몸이 깨끗하게 된다네.

햇볕을 조금 가지고도
새싹이 자라난다네.

조금 남은 몽당연필로
나는 책 한 권을 쓸 수 있다네.

조금 남은 양초
하늘하늘 춤추는 불꽃

이 불꽃은 여전히 어둠을 밝힌다네.

  그리고 수녀 시인 이해인 씨는 자기의 신앙 고백 같은 이런 투명한 고백을 말합니다. 언제나 조금의 진리를 잊지 않고 조금의 보석이 뿜어내는 행복의 빛을 잃지 않고 살고 싶다. 바람에 흔들리는 작은 풀잎처럼 나는 겸허하게 흔들리면서 감사하면서 그리고 조용히 조금씩 사랑하면서. 이 사랑에 젖는 이 계절이기를 소망해 봅니다.

소비자인가, 생산자인가?
(2012년 청주 서지방회 개회 설교)

목회자들에게 가장 큰 충격과 도전을 준 책 중의 하나가 빌 벡햄이라는 분이 쓴 『제2의 종교개혁』이라는 책입니다. 이 책에서 교회가 교회로서의 본질을 회복하기 위해서 시급히 해결해야 할 문제 중의 하나가 "어떻게 하면 소비자 의식에 병들어 있는 성도들을 다시 영적 생산자로 회복시켜 줄 것인가?" 하는 것이라고 지적하고 있습니다.

성경이 요구하는 신앙이란 머리나 마음으로 이해되고 생각만 하는 신앙이 아니라 그것이 어느 만큼 함께하는 곳, 즉 교회에서 믿음을 발휘할 수 있느냐가 평가 기준입니다.

성경은 우리가 빛이며, 소금이라고 말합니다.

그러나 문제는 세상의 빛이며 세상에서 소금이어야 당연합니다.

어둠을 밝히고, 부패하는 것을 막는 것이 이 원리대로 사는 것입니다.

그렇다면 빛 된 삶과 소금 되는 생활을 하기 위해서 구체적으로 훈련하는 곳이 어디입니까? 그곳이 바로 교회입니다.

개인의 신앙이 구체적으로 적용되고, 실천되고, 확인되는 1차적인 곳이 바로 교회입니다.

그러므로 세상에서 빛 되기 전에 먼저 내가 빛으로 사는 모습을 보여 주어야 할 곳이 교회입니다. 밖에 나가 사랑을 실천하기 전에 먼저 당신이 사랑의 사람임을 나타내야 할 곳이 교회입니다.

교회에서 그 일을 못하면 세상에 나가선 입도 벌리지 못합니다. 여러분이 이 훈련 때문에 때로는 이해할 수 없는 사람들을 당신 곁에 붙여 주시고, 당신이 할 수 없음을 알면서도 하나님은 자꾸 그렇게 하도록 당신을 끌고 갑니다.

지금 우리는 음부의 권세가 지배하는 세상, 사탄이 왕 노릇 하는 세상에 살고 있습니다. 그리고 하나님은 구원받은 우리에게 음부의 권세를 물리치고 하나님 나라를 확장해 나가라는 사명을 주셨습니다. 이런 사명을 감당하기 위해서.

그러면 하나님의 일꾼들에게 요구되는 덕목이 무엇입니까? 무엇보다도 다음과 같은 세 가지가 있어야 합니다. 그 첫째는 '수용성(acceptability)'입니다. 이것을 좀 더 풀어서 설명하면 항상 배우고 또 받아들일 준비가 되어 있어야 한다는 것입니다.

병든 교회는 직분이 깊어질수록 배우려 하지 않습니다. 그러나 건강한 교회는 직분이 깊어지고 신앙의 연륜이 더할수록 깊이 배우고, 또 깊이 섬깁니다. 초신자 때는 몰라서 섬기지 못하고, 제대로 헌신이 안 돼서 섬기지 못했는데, 이제 직분이 더할수록 더 열심히 배우고, 더 깊이 헌신하는 것입니다.

교회의 중직들에게 꼭 필요한 것이 하나님을 위해서, 또 그분의 나라를 위해서 수용성을 키워 나가는 것입니다. 수용성이란 쉽게 말하면 하나님의 뜻과 계획을 담는 그릇과 같습니다.

그런데 임원들이, 중직들이 수용성이 없으면, 아무리 하나님이 당신의 뜻과 계획과 능력을 부어 주셔도 다 쏟아 버리고 마는 것입니다. 중직이 되면 될수록 더 많이, 그리고 더 깊이 배워야 합니다. 우리가 깨달아지는 만큼 헌신할 수 있고, 헌신하는 만큼 하나님이 영광을 받으십니다.

이제 더 이상 중직들의 입에서 "내 생각에는." 이런 말이 나오지 말아야 합니다. 지금 이 상황 속에서 하나님은 뭐라고 말씀하시는가에 끊임없이 귀를 기울여야 합니다.

수용성을 키우십시오. 하나님의 사람이 된다는 것은 하나님의 계획을 담는 그릇이 되는 것입니다. 행여라도 그릇이 너무 작아서 하나님의 계획을 쏟는 그런 장로가 되지 마십시오.

하나님의 일꾼으로 부름 받은 집사님들, 권사님들, 그리고 주님의 이름으로 부탁드립니다. 수용성을 더 키우십시오. 작년보다 금년에, 그리고 금년보다 내년에 하나님의 계획과 소원을 더 많이 담는 큰 그릇이 되십시오. 그래서 하나님의 뜻을 더 밝게 깨닫고 또 이루어 드리는 저와 여러분이 되기를 바랍니다.

임원들에게 있어야 할 두 번째 요소는 가용성(availability)입니다. 이것을 좀 더 쉽게 풀어서 말씀드리면, 얼마나 주님을 위해서 자신을 드릴 수 있느냐 하는 것입니다.

이미 앞서 말씀드린 것처럼, 결국 임원이 된다는 것은 사역의 자리가 자꾸자꾸 전방으로 옮겨가는 것을 의미하는 것입니다. 장로나 권사나 집사의 역할이 다른 것이 아니라, 점점 더 앞으로 나아가는 것입니다. 그래서 장로가 되면 최전방에 서는 것입니다.

삼일운동 민족대표 명당 작성 때 명단 순서가 문제 됐다고 합니다. 그때 이승훈 민족대표께서 죽는 순서인데 순서가 왜 문제인가, 먼저 죽으려는 사람 이름이 앞으로 나오게 하라고 했다고 합니다.(2011년 충북연회 삼일절기념강연 김동길교수)

일반 교인일 때보다 집사가 되면 자신의 물질을 더 드릴 각오를 해야 합니다. 집사 때보다 권사가 되면 자신의 시간을 더 드릴 각오를 해야 합니다. 권사 때보다 장로가 되면 자기 몸을 드릴 각오를 해야 합니다.

가용성을 키우십시오. 우리는 하나님의 신용카드와 같은 존재들입니다. 하나님이 나에게 맡겨 주신 물질이나 시간을 하나님 보시기에 합당하게 사용할 수 있다면, 하나님은 더 많은 것을 맡겨 주실 것입니다.

임원들에게 있어야 할 마지막 세 번째 요소는 신실함(faithfulness)입니다. 이것을 좀 더 쉽게 풀어서 말씀드리면, 얼마나 변함이 없느냐 하는 것입니다.

그렇습니다. 주님이 기뻐하시는 일꾼은 변함이 없는 사람입니다. 사역을 처음 시작할 때나, 끝마칠 때가 변함이 없는 사람입니다. 교회에서 사역을 하는 모습이나, 세상에서 살아가는 모습이 변함이 없는 사람입니다.

높은 사람을 대할 때나 낮은 사람을 대할 때나 변함이 없는 사람입니다. 가진 사람을 대할 때나 못 가진 사람을 대할 때나 변함이 없는 사람입니다. 배운 사람을 대할 때나 못 배운 사람을 대할 때나 변함이

나는 너를 원한다

없는 사람입니다. 누가 볼 때나 보지 않을 대할 때나 변함이 없는 사람입니다.

그런데 애석하게도 많은 경우에 있어서 많은 경우에 있어서 장로가 되면 사람이 많이 달라진다고 합니다. 괜히 어깨에 힘이 들어가고, 목이 뻣뻣해지는 것입니다.

주님의 이름으로 부탁드립니다. 신실한 일꾼이 되십시오. 그래서 우리들로 인해서 하나님이 더 많이 영광을 받으시고, 세상 사람들이 하나님을 바로 아는 축복이 더하기를 바랍니다.

1장 24절에서 29절 말씀은 사도 바울의 사명선언문과 같은 말씀 그분을 만나고 나니까, 어떤 방법으로든지 그분을 전하지 않고는 견딜 수가 없습니까? 여기서 한 걸음 더 나아가서 이제 그분의 이름으로 형제자매를 위해 괴로움을 당하는 것까지 기뻐할 수 있습니까?

지금도 그리스도께서 남겨 놓으신 고난을 여러분의 몸에 채우기 위해 힘쓰고 계십니까? 그러면 여러분은 영적 소비자가 아니고, 영적 생산자요, 사역자요, 헌신 자들입니다. 그리고 그런 여러분의 모든 삶을 통해 하나님의 영광이 드러나게 될 것입니다.

친구가 기다려지는 계절
(《청주나눔신문》 기고 2011.12.17.)

    세상을 떠나가신 고 함석헌 선생이 시를 많이 쓰셨는데 그분의 시 가운데 제목이 「그 사람을 가졌는가」라는 시가 유난히 생각나는 계절이다.

그 사람을 가졌는가

만리 길 나서는 길
처자를 내맡기며
맘 놓고 갈 만한 사람
그 사람을 그대는 가졌는가

온 세상이 다 나를 버려
마음이 외로울 때에도
"저 맘이야"하고 믿어지는
그 사람을 그대는 가졌는가

탔던 배 꺼지는 시간

구명대 서로 사양하며

"너만은 제발 살아다오" 할

그 사람을 그대는 가졌는가

불의의 사형장에서

"다 죽어도 너희 세상 빛을 위해

저만은 살려 두거라" 일러 줄

그 사람을 그대는 가졌는가

잊지 못할 이 세상을 놓고 떠나려 할 때

"저 하나 있으니" 하며

빙긋이 웃고 눈을 감을

그 사람을 그대는 가졌는가

온 세상의 찬성보다도

"아니" 하고 가만히 머리 흔들 그 한 얼굴 생각에

알뜰한 유혹을 물리치게 되는

그 사람을 그대는 가졌는가

인생의 길에서 함께할 수 있는 한 사람, 내 마음을 털어놓을 수 있는, 내 인생의 모든 이야기들을 함께 나눌 수 있는 그리고 함께 내 인생의 미래를 더불어 꿈꿀 수 있는 한 사람이 내 인생의 곁에 있을 수 있다는 사실은 얼마나 커다란 축복일까?

그래서 주례가들이 결혼 주례를 하게 되면 기독교 목사님들이 꼭 하던 얘기 가운데 이런 얘기가 있다. "여러분은 함께하므로 앞으로 슬픔은 반으로 줄어들 것이고 기쁨은 배나 더할 것입니다." 사실 부부가 정말 마음으로 함께하는 친구가 될 수 있을 때 함께한다는 사실 때문에 고통은 반으로 줄어들고 기쁨은 배나, 갑절이나 더 증가할 수가 있을 것이다. 그러나 함께하기 위해서 부부가 된 그 대상이 정말 마음을 함께 나눌 수 없는 친구가 되지 못할 때 또 그것처럼 인생에서 고통스런 사건은 다시없을 것이다.

저는 우리 시대의 행복한 삶을 저해하는 이 시대의 정신 가운데 하나가 개인주의이다.

어느 분이 부잣집 아파트 동네로 이사를 갔다. 이사 가서 이웃과 인사를 하려고 찾아가서 나는 이웃집에 이사 온 사람이라고 인사하고 저녁 식사를 대접하겠다고 하니까 "내가 왜 당신이 주는 밥을 먹습니까. 나 밥 있어요." 하더라고 하더란다. 오늘 이 세상이 이런 풍조가 만연되다 보니까 이 세상이 삭막해지고 인간미가 없어지는 것이다.

사람은 함께 섬기며 섬김 받으며 살아가는 존재이다. 조금 가지고 있다고 이렇게 혼자 살아가는 행위는 이 세상을 파괴하는 행위이다.

전도서 4장 12절에 이런 말씀이 있다. "한 사람이면 능히 패하겠거니와 두사람이면 능히 당하나니 삼겹줄은 쉽게 끊어지지 아니하느니라"

전도서의 기자는 지금 보편적으로 보다 나은 삶의 길을 소개하려는 것이 전도서의 기록 목적의 하나이기도 하다. 그래서 전도서에 자주 출현하는 단어의 하나가 '나음(better)'이다. 즉 better life이다.

"두사람이 한사람보다 낫다"라는 선언으로 시작하여 "삼겹줄은 끊어지지 아니한다"로 마무리되고 있다.

이런 친구들과 더불어 가는 인생길은 얼마나 보람 있는 인생의 길이 될까? 우리를 친구라고 불러 주기를 기뻐하시면서 다가오시는 예수그리스도가 한없이 기다려지는 성탄의 계절, 이런 친구들을 만날 수 있기를 기도하고 싶다.

은퇴의 의미
(청주 서지방 장로 은퇴 찬하사 2015.3.1.)

영광스러운 장로의 직임을 받으시고 연회적으로나 지방회적으로나 교회적으로 지대한 공로를 남기시고 은퇴하시는 세 분 장로님께 진심으로 축하드리며 찬하를 드립니다. 기회 있을 때마다 일출이 보고 싶었고 일출이야말로 보기 좋은 광경이라고 생각해 왔는데 언제부터인가 일몰이 더 아름답다고 생각하게 되었습니다. 나이가 들면 다르게 보이는 게 있다더니 저도 나이가 좀 들었는지 다르게 보이는 게 있기 시작합니다. 취임식만 영광스럽게 생각하던 것이 이제는 은퇴식이 더 영광스럽고 아름답게 보입니다.

은퇴 찬하사를 준비하기 위하여 성경의 은퇴라는 말이나 은퇴했다는 인물이 있는가 찾아보았으나 제 눈으로는 찾아보지 못했습니다.

대체로 신약의 사도들은 복음을 전하다가 순교 아니면 죽음을 당했지 은퇴했다는 말은 없었습니다. "죽도록 충성하라."는 말은 죽는 날까지 또는 복음을 전하다가 목숨을 잃을 수밖에 없는 절박한 상황에서도 주께 대한 충성을 버리지 말라는 말씀입니다.

은퇴에 대한 가장 근접한 유일한 성경 말씀이 민수기 8장 24-26절입니다.

나는 너를 원한다

"레위인은 이같이 할지니 곧 25세 이상으로는 회막에 들어가서 복무하고 봉사할것이요 50세 부터는 그 일을 쉬어 봉사하지 아니할 것이나 그의 형제와 함께 회막에서 돕는 직무를 지킬 것이요 일하지 아니할 것이라 너는 레위인의 직무에 대하여 이같이 할지니라"

제사 의식을 직접 담당하는 것은 50세까지였지만 그 후로는 "돕는 직무를" 하게 하라는 것입니다. 이것은 구약에서 은퇴의 의미지만 현제도 은퇴의 의미는 이와 같이 맥락을 같이 한다고 생각합니다.

즉 은퇴 후는 사역에 대한 역할이 바뀌는 것이라는 것입니다.

나무로 예를 들자면 나무는 보이는 부분과 보이지 않는 부분으로 되어 있습니다. 보이는 가지나 잎사귀나 열매 등의 역할이 있는가 하면 뿌리의 역할이 있습니다. 보이는 가지나 잎사귀나 열매 역할보다 뿌리의 역할이 훨씬 더 중요한 역할을 합니다. 은퇴하시는 장로님은 이제 뿌리의 역할로 전환되시는 것입니다. 누구든지 나무를 보면서 그 나무 뿌리 잘생겼다고는 하지 않습니다. 사람들이 영광스럽게 보지는 않지만 사람들이 보이지 않는 곳에서 더 중요한 사역을 감당하시는 교회의 뿌리가 될 것입니다.

목회자의 이중직 소고
(일하는 목회자 단체 페이스북 2021.3.24.)

저는 40년째 목회를 하고 조기 은퇴를 생각하고 있는 목사입니다.

저의 40여 년 목회 기간 동안에 목회와 더불어 병행했던 일들은 대충 잡아도 10가지가 넘어 보입니다.

그중에는 목회자로서 하지 말아야 하는 일도 있었지만 결과 적으로는 모든 일들이 좋은 추억거리와 큰 의미를 가져오는 일이었기에 지난 추억으로 인해 감사하게 되어집니다.

저는 목회를 하면서도 다른 일에 손을 대는 버릇을 가지고 있었는데요. 한때는 대리 운전을 해 보았습니다. 대리운전을 하면서 목회하시는 어느 목사님의 유튜브를 보면서 호기심이 발동하여 더 나이 들기 전에 경험해 보고자 시작한 일이었지요.

목회자란 것을 숨기고 시작했는데 나중에 사장이 알게 되었고 그때 사장에게 했던 말이 "내가 대리 운전을 좀 일찍 했더라면 내 목회가 달라졌을 정도로 유익한 시간이었다."고 했던 것이 기억납니다.

대리 운전을 통해 사람들이 세상에서 사는 다양한 모습을 볼 수 있었고 교인들이 피와 같은 헌금 생활에 대해 감사하지 못했던 것을 회개하게 되었습니다. 대리 운전을 하면서 전도나 설교는 이루어질 수 없었지만 내 자신이 성장하는 일이 이루어졌던 거지요.

목회자 이중직이란 문제는 화두가 될 만한 문제가 아니라고 저는 생각합니다.

목회는 직이라기보다는 사명이기도 하지만 목회와 더불어 해야 하는 하나님이 원하시는 일이 있기 때문입니다.

목회가 직이라면 부흥사도 돈을 받고 하면 이중직이라고 할 수 있지요.

소위 성공한 대형 목회자 중에는 위원이니 교수, 강사, 원장, 이사, 이사장 등으로 활동하고 있는 것을 보게 됩니다.

그런데 이중직으로 문제 삼는 것은 미자립 목회자가 하는 일에만 이중직 잣대를 대는 것은 형편성에도 어긋나고 이중직의 한계를 어디다 정하는 것도 애매하지요.

그러기에 일목님들 힘내시고 당당하시기를 바라는 마음으로 저의 미흡한 소견을 올려 드립니다.

모두 건승하세요. ^^~^^

어머니 묘 앞에서
(페이스북 2015.11.20.)

오늘이 어머니가 하늘나라로 가신 지 1주년 되는 날이네요. 이런저런 일로 어머니는 돌아가시기 전 5-6년을 저희 집에 오셔서 지내셨던 것이 저에게는 축복의 날이었으나 어머니를 모시고 있는 동안 알면서도 또는 몰라서 어머니께 마땅히 해야 할 일을 하지 못한 것 때문에 지난 1년 동안 어머니의 빈자리를 보며 아픔과 그리움과 후회로 조여 오는 가슴을 쓸어내려야 했지요.

어머니! 이제서야 인생 승리하심에 대해서 저희 8남매 모여서 박수를 보냅니다.

불행한 시대에 태어나시고 조실부모하신 차가운 인생길에서 마셔야 했던 몇 차례의 쓴 잔. 요즘 저희라면 감당할 수 없는 쓴 잔을 마시고도 끄떡도 하지 않으신 어머니는 온갖 풍상을 겪고도 청아하게 바위에 서서 자태를 뽐내는 소나무와 같네요.

그러나 우리가 늘 감사하는 것은 하나님이 어머니를 긍휼히 여기셔서 만나 주셨던 것으로 인생의 새로운 전기를 맞으셨지요.

하나님을 만난 후 어머니의 한숨은 기도와 감사로 변했고 어머니의 그 믿음과 기도로 오늘날 우리들의 모습을 일구어 내셨습니다.

나는 너를 원한다

어머니, 모 교회 목사님이 저에게 말씀하시던 중 어머니에 대해서 짤막하게 얘기하시더군요. 조 권사님은 나에게 기쁨을 주시는 분이라고요. 목사님에게 기쁨을 드렸다면 하나님께도 기쁨이 되셨을 거라고 확신합니다.

하나님에게 기쁨이 되신 것만으로도 어머니는 헛되지 않은 인생을 사신 거지요.

어머니께서 어느 날 저에게 지나가는 말로 내가 죽으면 양지바른 곳 교회가 바라보이는 곳에 묻어 달라고 하셨지요. 저는 그때 어머니 장사 지낼 곳을 미리 준비해 두었기에 어머니 마지막 소원이 이루어지지 않을 것 같다고 말씀드렸지요.

그런데 지금 어머니의 묘는 정확히 해가 저녁까지 비추는 곳이고 교회가 빤히 바라보이는 곳에 묻히셨더이다.

하나님이 어머니의 마지막 소원까지 이루게 하신 거지요.

하나님이 이렇게 끔찍이 사랑하시고 모든 기도를 들어주셨기에 어머니의 기도 덕분에 저희들이 이만큼이라도 지탱하고 저희들이 이렇게 존재하고 있는 거지요. 어머니 생전에 하지 못한 말 이제서야 하게 됨을 용서하세요.

엄마. 사랑해요. 그리고 고맙고 감사해요. 어머니 첫 기일에 불효자식 올립니다.

나는 너를 원한다

어머니 7주기
(페이스북 2021.11.18.)

오늘은 어머니 7주기로서 형님과 두 동생 가족과 어머니 묘소에 모여 추모예배를 드렸다.

어머니의 습관이었던 항상 기뻐하며 쉬지 말고 기도하며 범사에 감사하는 삶을 유산으로 이어받아 실천하자고 말씀을 나누었다.

세상에서 유일하게 내 배가 쏙 들어갔다고 밥 많이 먹으라고 하셨던 어머니, 어머니와 함께했던 지난날들이 요즘 들어 더욱 그립고 아쉽고 후회스럽다.

아버님 6주기 기일에 나타난 이상한 무지개
(페이스북 2018.6.16.)

오늘은 아버님의 6주기 기일이었다. 가족들이 모여 선산 팔중리 산소에 모여 추모예배를 드렸다. 예배가 끝난 후 우리 가족은 처음 보는 관경을 보며 환호했다.

햇빛이 쨍쨍 내리는 날씨인데 하늘에 원 모양의 무지개가 하늘에 떠있었다.

사진을 찍고 난 후 보니 무지개 안에 어떤 빛 모양이 움직이고 있는 것이 보인다.

생전 처음 보는 무지개가 아버님 기일 추모예배 후에 나타났다는 것은 무엇을 의미하는 걸일까?

나는 너를 원한다

목회 40주년
(페이스북 2021.7.1.)

7월 올해는 특별히 나에게 뜻깊은 7월을 맞이한다.

신정동에서 지하 15평을 얻어 첫 번째 개척교회를 시작한 지 40년을 채우기 때문이다.

그해 1981년 나는 2월에 결혼을 했고 7월 첫 주에는 교회를 개척하고 아내와 첫 예배를 드렸고 12월에는 아들을 낳음으로 내 인생에 중요한 세 개의 주춧돌을 놓았다.

모두 어설픈 출발이었지만 나와 함께해 주신 에벤에셀 그분을 찬양 찬양한다.

기쁠 때나 슬플 때나 함께해 준 가족과 나의 후원자가 되어 주었던 친지들의 고마움을 늘 생각한다.

그렇게 못 할 수도 있었다
(은퇴 소감 페이스북 2022.4.20.)

　오늘은 41년 목회 사역의 마침표를 찍는 24회 충북연회에서의 나의 은퇴식이 있는 날이다.

　한때는 은퇴석에 앉아 있는 은퇴 목사님들을 부러워하기도 했는데 막상 나의 은퇴식 날은 불참해야 했다.

　이유는 함께 가야 하는 아내가 갈 수 없는 처지이고 나에게도 일이 있어서였다.

　일은 보류했다 하면 되고 혼자라도 가면 되는데 굳이 불참했던 것은 너무 이른 은퇴라서 멋쩍고 쑥스러울 것 같아 핑계 김에 불참한 것이다.

　은퇴식에 참여는 못 하였어도 온종일 마음은 거기에 가 있으면서 지금까지 살아온 날들을 돌아보았다. 예수님은 흉내도 제대로 못 내면서 예수님의 제자의 길에 서 있었다. 그분의 이름으로 귀족의 자리에 앉아 보기도 하고 내 잔이 넘치는 삶을 살아 보았다.

　이후에도 기존 은총의 프리미엄을 누리면서 은빛 찬란한 내일을 꿈꾸어 본다. 그러나 그렇게 못 할 수도 있다는 것을 나는 잘 안다.

　나의 41년 목회를 이어 올 수 있도록 기대를 접지 않으셨던 은총을 감사한다.

그리고 지혜와 인내로 함께해 준 아내와 격려와 힘이 되어준 아들과 며느리 나의 후원자가 되어 준 천국에 계신 부모님 그리고 피를 나눈 형제들에게 감사를 드리고 싶다.

은퇴와 더불어 생각나는 「그렇게 못 할 수도」라고 하는 '제인 케니언'의 시가 마음에 스며들어 지난날들을 시에 담아 보았다.

그렇게 못할 수도

제인 케니언

건강한 다리로 잠자리에서 일어났다.
그렇게 못할 수도 있었다.

시리얼과 달콤한 우유와
흠 없이 잘 익은 복숭아를 먹었다.
그렇게 못할 수도 있었다.

개를 데리고 언덕 위 자작나무 숲으로 산책을 갔다.
오전 내내 내가 좋아하는 일을 하고
오후에는 사랑하는 이와 함께 누웠다.
그렇게 못할 수도 있었다.

우리는 은촛대가 놓인 식탁에서

함께 저녁을 먹었다.

그렇게 못할 수도 있었다.

벽에 그림이 걸린 방에서 잠을 자고

오늘과 같은 내일을 기약했다.

그러나 나는 안다. 어느 날인가는

그렇게 못하게 되리라는 걸.

나는 너를 원한다

푸른 10월의 가을 하늘
(페이스북 2017.10.15.)

　맑고 푸른 10월의 가을 하늘은 청빈한 삶을 살라는 하늘의 진리와 함께 소중한 뜻을 우리에게 전하는 듯하다.

　금세라도 톡 터질 듯한 모습으로 가지마다 알알이 여물어 맺혀 생명의 신비와 함께 알찬 결실의 삶을 알리는 은행 알들의 속삭임, 과일 망신은 모과가 시킨다는 억울한 세간의 언어들과는 상관없이 묵묵히 익어 가는 모과, 가장 소중한 생명의 법칙과 함께 참고 견디는 수고와 인내 속에 귀중한 열매가 있음을 가르친다.

오스트리아 요제프 모어 마을
(페이스북 2012.4.27.)

감리사 연수를 마치고 돌아왔다.

발칸반도 9개국을 돌아보며 많은 생각을 했다.

아래 그림은 오스트리아에 있는 어느 교회 앞에 있는 동상인데 〈고요한 밤 거룩한 밤〉을 작사하여 불렀다는 요제프 모어였다.

1818년 성탄절에 소박하게 작사하여 불렀던 자신의 노래가 이처럼 세계적인 노래가 될 줄은 꿈에도 생각지 못했을 것이다.

나는 너를 원한다

어르신들의 추석
(페이스북 2018.9.24.)

10년째 명절에는 시설에 계신 어르신들과 함께하고 있다. 바깥에는 차량행렬로 가득 차 있는데 어르신들은 바깥세상과는 상관없다는 듯 정적만이 흐른다.

아들 내외와 손주들이 함께 찾아와 정적이 깨어지고 시설 안은 잠시 시끌벅적해진다.

다시 찾은 대둔산
(페이스북 2021.10.28.)

일이 많아지면서 접어 두었던 산행을 잠시 일을 멈추고 오늘 10년 만에 대둔산을 찾았다.

높고 푸른 가을 하늘과 장엄한 바위와 아름다운 고운 옷을 차려입은 대둔산이 반갑게 맞이하면서 왜 이제야 오느냐고 속삭이는 듯했다.

오늘 산행은 큰손자와 막내 손녀가 함께해 주어 즐거움이 배로 늘었다.

손자 왈. 할아버지 기쁘게 하려고 왔는데 대둔산을 와 보니 산이 너무 멋져서 오기를 잘했단다.

나는 너를 원한다

제주의 아름다움
(페이스북 2018.11.14.)

여인의 자태로 누워 있는 형상인 한라산을 음미하는 것이 일상이 되어 간다.

무뚝뚝하게 보이던 타향이 이제는 오랜 사귄 친구처럼 느껴지고 힘겨운 짐으로 다가온 비힐 업무를 은근히 즐기게 된 것은 자연의 신비를 웅변적으로 설교하는 바람과 파도와 수많은 높고 낮은 오름과 이글거리는 저녁노을이 있기 때문이다.

손주들과 함께하는 즐거움
(페이스북 2021.2.12.)

설 명절에 찾아온 손자가 생일이기도 한다 하여 생일 선물은 사 준다고 마트에 갔다가 거금(?)을, 바가지를 썼다. 바가지를 썼는데도 기분이 좋으니 희한한 일이다. 이렇게 손주들에게 바가지 쓰는 즐거움이 나에게 주신 축복 중 하나이다.

이런 소소한 기쁨을 주신 주께 감사함으로 새해를 맞이하면서 일상의 즐거움을 누리는 은총이 모두에게 있기를 기원 드린다.

천장봉의 가을
(페이스북 2018.11.6.)

오늘은 깊어 가는 가을을 만끽하기 위해 괴산 천장봉을 찾았다. 아무래도 나는 산과 깊은 사랑에 빠져 가는가 보다. 내가 시간이 나게 되거나 여유가 있거나 머리가 복잡해질 때는 여지없이 산을 찾게 되니 말이다.

콘크리트 문화에 찌들고 지치고 곤한 나를 산은 너끈히 받아 주기 때문일 거다.

그동안 몇 년 동안 허리가 약해 산행에 함께하지 못했던 아내가 함께해 주어 오늘은 더 기분 좋은 산행이었다.

대길교회 30주년
(페이스북 2014.10.5.)

오늘은 대길교회 30주년 기념 주일에 초청을 받아 설교를 했다.

30년 전 주막집을 빌려 시작했던 교회.

10년 전 떠나온 교회이다.

그곳에서 20년 동안 쓰임 받은 것이 행복했고 오늘 그리운 얼굴들 그리고 새로운 모습들을 보면서 행복한 주일이었다.

농사로 얻은 소산물
(페이스북 2021.10.22.)

올해도 유휴 농지를 이용하여 고추, 고구마, 들깨 등 농산물을 조금씩 거두었다.

농사는 내가 하는 몇 가지 일 중에 가장 많이 땀을 흘리게 하지만 정신적 힐링을 얻을 수 있고 깊은 묵상과 기도 시간을 제공하면서, 덤으로 소출까지 얻게 하니 영적으로 정신적으로 물질적으로 얻어지는 것이 많다.

올해 처음으로 어설프게 심어 놓은 배추가 유난히 푸짐하고 아름답다.

전쟁기념관 방문
(페이스북 2012.7.15.)

6·25 전쟁이 남긴 가장 큰 민족사적 교훈이 있다면 자유는 결코 공짜가 아니라는 것이다.

이 위대한 교훈을 전파하고 있는 곳은 전쟁이 일어났던 한반도가 아니라 미합중국의 수도인 웨싱턴 DC에 위치한 한국전쟁 기념공원이라는 곳이다.

이곳에는 한 해에 평균 320만 명 이상이 세계에서 방문객이 찾아온다고 한다.

이곳에서의 인상 깊었던 것은 조각 작품인 판초우의를 입고 행군하는 미군의 육, 해, 공군의 모습에서 엄숙함과 깊은 감동을 받는다. 더욱 시선을 끄는 것은 여기에 새겨진 문구 때문이다.

"우리 미합중국은 조국의 부름을 받고 한 번도 만나지 못했던 사람들, 전혀 알지도 못했던 나라의 자유를 위해 달려갔던 자랑스러운 우리의 아들딸들에게 경의를 표한다."

그리고 강조하여 쓴 문구는 "자유는 결코 공짜가 아니다."였다.

나는 너를 원한다

작은 땅 그것도 두 동강 난 한반도 땅에서 대한민국이라는 나라가 자유로운 국가로서의 민족적 생존이 가능하기 위해서는 미군의 사망자 5만 4246명, 유엔군의 사망자 62만8833명, 부상자 미군 10만 3284명, 유엔군 106만 4453명, 미군 실종자 8177명, 유엔군 47만 267명의 피 흘림 위에서 오늘의 우리는 자유를 누리고 있음을 잊지 말아야 한다.

주일학교 다녔던 면천교회
(페이스북 2016.11.19.)

　어제는 어머니 두 번째 기일을 맞아 가족들과 산소에 모여 추모예배를 드리고 난 후 인근 면천에 나와 점심 식사를 하며 많은 추억을 더듬어 보았다.

　행정구역은 서산이지만 생활권은 당진군 면천면이 가까웠다. 그래서 나의 어릴 적 추억들은 면천의 향수를 담고 있다.

　오일장이 되면 어머니와 함께 무거운 짐들을 지게에 지고 장에 가던 일, 무거운 짐을 지고 큰 고개를 두 번이나 넘는 고행길이었지만 항상 마음은 설렜다.

　사람 구경, 약장수 구경 그리고 새 옷이나 신발을 살 수 있는 기회였기 때문이었다.

　어머니의 강요에 의해 면천교회 주일학교를 6년 다녔다. 당시 전대진 목사님께서 먼 데서 온다고 나를 반겨 주시고 머리를 쓰다듬어 주시던 기억들이 아른거린다. 교회로 들어가던 오솔길은 흔적도 없이 사라졌는데 오솔길 들머리에 방앗간에서 나던 진한 들기름 냄새는 지금도 여전하였다.

내가 초등학교 내내 다니던 면천교회
모든것이변했지만 입구의 방앗간은 그대로 있었다

나는 익어 가고 있는 것일까?
(페이스북 2023.9.8.)

아직 추석이 멀었는데 가을바람이 일고 있는 것을 알아차리고 길가에 저절로 난 금송화는 꽃을 피우고 밤도 탱글탱글 익어 간다.

나도 인생의 가을바람을 맞고 있는데 과연 익어 가고 있는 것일까?

지난날을 회고하며 후회와 자책, 자학으로 이어지고 사탄의 공략으로 잠시 우울 증세를 보이기도 했지만 빠르게 회복되어 운동과 지적장애인 후견인 활동, 자폐장애인 활동 지원, 약간의 농사 등으로 벅찬 하루하루를 소화해 내고 있다.

나는 지금 자폐 형제를 하루 5시간 돌본다고 하지만 오히려 그가 나를 돌보고 있는지도 모른다.

지나 놓고 보니 투덜대며 살았던 그때가 가장 행복한 때인 것을 모르고 살았으니 아마 지금이 가장 행복한 시간일지도 모른다.

은퇴하고 2년이 지났으나 아버지가 사신 만큼만 살아도 앞으로 26년은 살 것 같으니 미래를 위해서 무언가는 준비해야 한다는 생각도 종종 든다.

그러나 지금 가지고 있는 지식이나 자격증도 제대로 다 사용하지 못한다는 생각이 들기도 하고 또 무엇을 준비해야 하는 것이 보이질 않고 마음에 잡히는 것도 없다.

　다만 지나간 날들 동안 하나님이 함께하심과 인도하셨던 것들을 정리하고 기록해 두고 싶다.

　지나 간 날들을 정리하면서 느끼는 두 가지 감정이 있다. 하나는 두 번 사는 느낌이고 또 하나는 내가 그럴 일을 할 수 있었을까? 대견하다는 느낌과 하나님이 나의 일마다 때마다 발걸음마다 함께하셨음을 알 수 있게 된다.

욕망에서의 자유
(기독교 방송 설교 크리스찬 칼럼 2005.6.1.)

사람의 욕망은 끝이 없다고 합니다. 원하는 것을 얻고 나면 만족하지 못하고 또 다른 것을 얻고자 합니다. 또한, 욕망은 나이가 들어도 줄어들지 않고 오히려, 더 많아지고 그 폭도 넓어집니다. 갓난아이였을 때에는 먹을 것에만 관심을 가지지만 점점 나이가 들어가면, 장난감이나 학용품, 그리고 더 나아가서는 좋은 학교에 가고 싶은 마음, 더좋은 직장에 다니고 싶은 마음, 더 좋은 가정을 꾸리고 싶은 마음 등여러 가지 욕망이 생기게 됩니다.

일부 종교에서는 우리의 욕망을 포기함으로 더 이상 아무것도 원하지 않고 사는 것이 가능하다고 주장합니다. 원하지 않으면 부족할 것이 없다는 것입니다. 욕구가 없다면 고통받을 것도 없다는 것입니다. 사랑하지 않으면 상처받을 것도 없다는 것입니다. 이런 주장이 이론적으로는 가능하지만 실제적으로는 결코 가능하다고 믿지 않습니다. 인간은 태어날 때부터 욕망을 지닌 존재로 태어났습니다.

욕망을 부인하는 것은 인간 됨을 부인하는 것입니다. 기독교는 무욕을 가르치지 않습니다. 오히려 기독교는 높은 욕망, 거룩한 욕망, 의로운 욕망을 위해 살라고 가르칩니다. 너희는 먼저 하나님의 나라와 의를 구하라는 것이 그것을 의미 합니다. 우리가 거룩한 욕망을 가지면 추한 욕망이 극복될 것입니다. 의로운 욕망을 가지면 불의한 욕망이 극복되지 않겠습니까? 선한 욕망을 가지면 악한 욕망을 극복하게 되지 않겠습니까?

시편 중에서도 특별히 23편은 하나님을 믿고 행복을 노래한 가장 아름답고 위대한 작품입니다. 저자인 다윗은 왕은 하나님이 자신의 목자가 되시기에 부족함이 없다고 고백하는 것을 볼 수 있습니다.

다윗왕이 이 시편을 쓸 때의 형편은 지금 우리가 당한 형편과도 비교할 수 없으리만큼 힘들고 어려운 상황이었습니다. 그러나 다윗은 그 상황과 형편에 사로잡히지 아니하고 이와 같이 훌륭하고 아름다운 시편을 기록할 수 있었습니다.

다윗은 그와 같이 힘들고 어려운 상황 속에서도 이와 같이 아름다운 시를 썼을 뿐만 아니라 결국 그가 자신의 시편에서 이야기한 그대로의 삶을 쟁취하였습니다. 무엇이 다윗에게 그와 같은 승리를 가져다주었습니까? 그것은 믿음이었습니다.

여호와가 나의 목자라는 믿음. 여호와께서 나의 목자이시기 때문에 비록 지금은 부족하지만 결국은 부족함이 없게 하실 것이며, 지금은 눕고 쉴 수 없으나 결국은 눕고 쉴 수 있게 해 주실 것이며, 지금은 비록 사망의 음침한 골짜기 한 가운데를 지나고 있으나 결국은 아무런 해도 받지 아니하고 벗어날 것이며, 지금은 비록 원수의 목전에서 수치를 당하고 있으나 결국은 그 원수의 목전에서 하나님이 베풀어 주시는 잔치를 벌이게 될 것이라는 믿음이 다윗에게 있었습니다. 결국은 그 믿음 그대로 되었으며 다윗은 바로 그와 같은 믿음으로 승리하고 성공할 수 있었던 것입니다.

청취자 여러분 인생의 주인이 누구십니까? 하나님을 나의 목자로 신뢰할 수 있다는 것, 이것이 본질적으로 인생의 욕망의 늪 속으로부터 자유케 할 수 있게 될 줄로 믿습니다.

나는 너를 원한다

행복한 양으로 산다는 것
(기독교 방송 설교 크리스찬 칼럼 2005.6.5.)

다윗은 어려서부터 양을 치는 목동 생활을 해 온 사람입니다. 그는 양을 치면서 참으로 많은 경험을 했습니다. 그리고 그런 경험이 그에게는 하나님을 믿는 신앙으로 연결되었습니다. 자신이 목동으로 양을 치면서 양을 돌보는 그 일이 마치 하나님께서 우리 인생을 돌보시고 기르시는 것과 같은 마음이라는 것을 깨달았습니다. 양을 치면서 맹수가 달려들기도 하고 어려움에 빠지기도 했을 때에 하나님께서 자신을 능력의 손으로 도우셨던 사실이 그의 신앙에 엄청난 힘이 되었습니다.

양은 문제가 많습니다. 우선 양은 자구책이 없습니다. 자기를 지킬 수 있는 방법이 없습니다. 양은 깨끗해 보이지만 너무나 쉽게 더럽힘을 타는 존재입니다. 거기다 또 양은 방향 감각이 없습니다. 가져다 놓으면 어디로 가는지 몰라요. 집을 찾아오지 못합니다. 자기의 먹을 것이 어디에 있는지도 분별하지 못합니다. 그러나 양은 이런 모든 문제는 목자만 있으면 완벽하게 해결됩니다.

다윗은 목동이었기 때문에 양의 행복을 알았습니다. 사자보다 양이 훨씬 더 행복하고 평안하다는 것을 알았습니다. 좋은 목자를 만나기만 하면 먹을 것 걱정하지 않아도 되고, 맹수가 공격을 해와도 걱정하지 않아도 됩니다. 혹 내가 잘못해서 사망의 음침한 골짜기로 내려갔다 할지라도 목자가 자신을 구해 줄 것을 알기 때문에 두려워하지 않아도 된다는 것을 누구보다도 잘 알고 있었습니다.

그래서 그는 하나님을 자신의 목자로 모시고, 자신은 그 하나님 앞에서 철저하게 양이 되기를 원했습니다. 그런 마음으로 시편 23편을 쓴 것입니다.

청취자 여러분, 사자처럼 살고 싶으십니까? 사자가 멋있어 보입니다. 밀림의 왕자처럼 천하를 호령하는 사자가 멋지게 살아가는 것처럼 보입니다. 그러나 사자는 그렇게 살지 않으면 생존할 수 없습니다. 그렇게 포효하고 강하게 살아도 굶어 죽습니다. 그러나 약하고 어리석고 단순한 양은 사자처럼 멋있어 보이진 않아도 굶어 죽지 않습니다. 약하지만 목자가 보호해 주기 때문에 푸른 풀밭, 잔잔한 물가에서 행복하게 살 수 있습니다.

그런데 여러분, 우리는 양이 되기를 거부하며 살아갈 때가 얼마나 많은지 모릅니다. 양이면서도 사자처럼 살겠다고 발버둥 칠 때가 있습니다. 양이 아닌 사자라고 생각하기도 합니다. 우리를 보살피시고 돌보시는 하나님의 은혜를 잊어버리고 마치 내가 잘나서 살아가는 것처럼 생각하며 살아갑니다. 내 힘과 내 능력으로 살아가는 것처럼 생각합니다. 그러나 우리가 그렇게 어리석은 생각을 하고 살아갈 때에도 하나님은 우리의 목자가 되셔서 어리석고 우둔한 우리를 지팡이와 막대기로 안위하시고 지켜 주십니다.

청취자 여러분, 우리는 양이라는 사실을 잊지 마시기 바랍니다.

나는 너를 원한다

언제나 우리에게 좋은 것으로 주시기를 기뻐하시는 하나님을 우리 인생의 목자로 모시고 푸른 초장, 잔잔한 물가로 인도함을 받는 행복한 양으로 사시기를 주님의 이름으로 축복합니다.

나는 너를 원한다

ⓒ 김홍봉, 2024

초판 1쇄 발행 2024년 1월 2일

지은이   김홍봉
펴낸이   이기봉
편집   좋은땅 편집팀
펴낸곳   도서출판 좋은땅
주소   서울특별시 마포구 양화로12길 26 지월드빌딩 (서교동 395-7)
전화   02)374-8616~7
팩스   02)374-8614
이메일   gworldbook@naver.com
홈페이지   www.g-world.co.kr

ISBN   979-11-388-2646-4 (03810)